終疆 05 湛疆基地
御我◎著
午零◎繪
Ⓟ皇冠文化集團
非賣品

# 終疆

## 05 湛疆基地

御我—著　午零—繪

# 這樣的【角色介紹】真的沒有問題嗎？

**❖鄭行❖**

疆域傭兵團的軍醫角色，末世後擁有土系異能，蓋房子種菜皆適宜，目前正朝著往生活輔助系的道路前進——如果蓋出充斥尖刺的城牆、滿地殺人的陷阱，以及堅不可破的堡壘，也算生活輔助系的話。

## 蘇盈

原本就內向，後來又被疆書宇嚇破膽的女孩子，視疆書宇為最終大魔王（說不定她真相了），被迫加入冰槍小隊，唯一的安慰是疆書宇常常關房間耍自閉，或是乾脆鬧失蹤，其實不常在小隊裡，但是後來有某個魔王手下等級的傢伙不時來小隊搭訕，讓她的日子過得更加膽戰心驚。

## 溫家諾

冰槍小隊隊長，有名也有實，雖然底下有個副隊長叫疆書宇，但照著本書主角的意思，他是大事無能管小事懶得管，除了練兵和種田，其餘都不關他的事，還常常鬧失蹤，於是溫家諾成了冰槍小隊有名有實的隊長，為了疆書宇偶爾出現丟來的命令，領著小隊員上天遁地潛江入海，簡直不能更萬能！

# 目次

# 楔子

# 冰槍隊長

「加入我的小隊吧！」

我直截了當的提出要求，事到如今，拐彎抹角也沒意思。

陳彥青雙眼放光，眼見就要點頭了，溫家諾，也就是阿諾卻一把將他往後拉，自己走上前來。

「條件呢？」

還好不是聘金呢……

我哼哼兩聲，說：「跟我談條件？你腦子沒洞吧？這支隊伍的老大可是我家大哥，能加入我的小隊是你運氣好，居然還想跟我談條件！」

阿諾兩手一攤，無奈的說：「就算是這樣，總不能你讓我們當隊伍裡的炮灰，我們也答應吧？」

我翻個白眼，沒好氣的說：「費這麼多工夫救兩個炮灰出來，你當我很閒嗎？阿青，你當小隊裡的副隊長。」

陳彥青一愣，看了看溫家諾，老實的說：「阿諾比我擅長這種事，你應該選他。」

「但你比較聽話。」溫家諾雙手環胸，一臉早有預料的表情。

陳彥青摸了摸鼻子，繼續勸道：「你別看阿諾現在一直跟你作對，其實他很護短，等他成了你的隊員，你就是自己人了，他不會再這樣處處作對，你不用擔心讓他當副隊長會有什麼麻煩。」

溫家諾一口血都要咳出來了，怒吼：「陳彥青你到底哪邊的？我幫咱們談點條件，你也要搶著暴露自家人底細，真當自己嫁出去啦？」

陳彥青氣惱的低吼：「我在勸小宇讓你當副隊長，你說我是哪邊的？一天到晚嫁嫁嫁，我嫁你媽啊！就像小宇說的，你腦子殘了吧！溫家諾，今天站在這裡的人要是小宇他大哥，看你還敢談啥條件！」

溫家諾的臉抽了抽，但還是沒反駁，大哥放的那招大絕果然有價值，嚇得人連條件都不敢談。

「你們不就是看小宇年紀輕，就不把他當回事，我告訴你們，那些把我們追得沒地跑，差點讓我們全滅的異物，小宇可是一招就把他們通通凍成冰棒！你跟他談個屁條件！」

溫家諾猛然看過來，眼中是滿滿的難以置信。

我就說嘛，陳彥青見得多，也就識相得多，這和他想不想嫁根本沒關係……啊呸，我怎麼也跟著嫁不嫁的了，人家真敢嫁，我還不敢娶呢！

陳彥青轉過頭來，說：「小宇，雖然阿諾這傢伙龜龜毛毛，但他的能力真的很不錯，你還是選他當副隊長會比較合適。」

溫家諾遲疑了一下，還是沒繼續開口說什麼條件不條件，顯然他對陳彥青的信賴度還是有一點。

「你也想跟我談條件嗎？」我冷冷地說：「我就要你當副隊長，還有意見？」

「沒有！」陳彥青立刻應聲，隨後無奈地看了溫家諾一眼。

溫家諾倒是一副無所謂的樣子，神色看著真不是很在意這點，如果這不是演技，那麼他的肚量讓人挺欣賞的。

「然後……」我一笑，說：「阿諾當隊長。」

兩人一怔，齊齊扭頭瞪著我，似乎想在我臉上找出「開玩笑的啦」這句話，可惜只找到「我是認真的」。

溫家諾從牙縫裡擠出聲音問：「那你自己當什麼？」

本想說「隊員」，不過我堂堂一個團長的弟弟，只當區區的小隊員，反而讓人覺得不太對勁，於是臨時改口說：「跟阿青一樣當副隊長囉。」

溫家諾疑惑的問：「你怕自己年紀輕，鎮不住人？」

我搖了搖頭，說：「我不想讓太多人知道我的實力，這樣方便做事，你們得幫我掩飾，最好讓我看起來像個漂亮的花瓶，完全沒有威脅性。」

雖然許多軍人看過我出手，不過大哥一出手就是一個大絕招，反倒讓我不那麼顯眼了，除非像是阿青這般從頭看到尾的人，其他人在那種混亂的場面，應該不會太過清楚我的實力究竟到哪了。

溫家諾點著頭，「這倒是不難，你看起來就是一只漂亮的花瓶，根本不用掩飾。」

「……想死說一聲，送你上路。」

溫家諾立正行軍禮，「報告副隊長，不想！」

我白了他一眼，說：「你挑些軍人入隊，我要口風最緊，絕對不可能反叛的人，只要稍微有點疑慮的人都不要！」

溫家諾一臉不服，正想開口時，我打斷他的話，「你只要知道，我要做的事情若是洩漏了，整個團隊都會引來殺身之禍！」

他一愣，抓著頭說：「這麼嚴重的事情，你真信任我去辦？」

我斜眼瞥了他一眼，「不是信你，而是會惹來的殺身之禍叫做『分子研究所』。」

聽到這詞，兩人臉色便是一沉，眼裡的仇恨都快溢出來了，他們恨分子研究所恨得不比我來得淺。

保險起見，我特地再次提醒他們過去發生的事。

「分子研究所害得你們整支軍隊都沒了，老戰友們躺了滿滿一地，個個屍首不全，我想你們大概是最不可能被他們收買的人。」

「絕對不可能！」兩人都憤紅著眼同意。

我完全不意外，端看黑仔在那種情況之下，還阻止其他人炸研究所的出入口，甚至義無反顧地下去救人，就能知道這些軍人的同袍之情很深，分子研究所幾乎沒可能收買這兩人。

為了對分子研究所復仇，收服這些軍人是勢在必得！

溫家諾懷著疑惑問：「我們恨分子研究所沒錯，但你為什麼這麼恨分子研究所？」

「小天沒了。」我淡淡的說。

兩人先是瞪大眼，隨後是一臉的不忍，陳彥青難以置信的喃喃：「怎麼會？那麼小的孩子，那些傢伙也能下手？」

溫家諾不解的問：「真的和分子研究所有關？他們為什麼要殺一個孩子？」

「只是被波及，他們的主要目的是帶回十三，我卻要殺他，起了點衝突，其他的事情，我不想多說，你們也不准說出小天的事情，只要知道，我和分子研究所有不共戴天之仇，絕對不會放過他們！」

溫家諾一聽，倒是頗心動的模樣，有棲身處又能復仇，他們簡直不可能有更好的選項。

陳彥青更是勸道：「阿諾，答應加入吧，你再這麼龜龜毛毛，說不定小宇就不要我們啦！」

溫家諾白了他一眼，扭頭跟我說：「知道了，我只有一個要求，就是你不能把我們的人當炮灰使。」

到底要強調幾次啊？我白了他一眼，說：「放心，你們比鑽石還精貴，隨便把你們炮灰掉，我要上哪找這麼一群痛恨分子研究所的人當手下？」

雖然現在沒人知道分子研究所，但將來，分子研究所研發出來的東西，人人搶著要，就算嘴上罵他們是趁火打劫的吸血鬼，東西賣得太貴，恨得牙癢癢，可誰都不想覆滅分子研究所，畢竟那些東西太好用了，許多異能不強的人甚至得靠他們的武器存活，若有人想滅分子研究所，頭一個不答應的人可多著呢。

溫家諾仔細詢問：「所以你組小隊是為了滅分子研究所？如果是這件事，那你可以收了我們全部，保證所有人都會盡心盡力！」

「不是。」

若是那麼簡單就能滅掉分子研究所，我早找大哥去幹了，要你們這些路人幹嘛？

現在分子研究所的實力擺在那裡，有異能者、有研發中的強大異物，甚至連軍隊都有，大哥的團隊卻還不夠強，看著是有三百人，問題是裡面有實力能做事的人搞不好還湊不到十三個，對上分子研究所根本是死路一條，我是不可能為了幫冰皇報仇而賠上全家，冰皇本人也絕對不會希望我那麼做。

「那你組小隊是想幹嘛？」溫家諾更是不懂了。

「種田。」

「……」

「畜牧。」

「……」

我想了想，又補上一句：「但一開始是要到處找種子和抓家畜，種和養都是後來的事情了。」

「……」

兩軍人的臉色黑得像種了一輩子的田。

溫家諾咬著牙說：「果然不是當炮灰——是農民！」

# 第一章

# 冰槍小隊，成立中

溫家諾是個龜毛的傢伙，一再問事情洩漏的嚴重性，但他又是個果決的傢伙，搞清楚嚴重程度後，立刻就出發去找戰友們，最後只帶來九個人。

加上阿諾、阿青、蘇盈和我，總共十三個，真巧，正好是十三的名字，想想十三可是未來的異物頂級強者，這數字也算吉利吧？

對於運氣這種事，我一想到就覺得頭很大，不知怎麼樣才能改掉疆家的衰運。

溫家諾對九人說：「這是我們隊裡的副隊長，疆書宇，雖說是副隊，但大家應該明白該聽誰的話吧？」

軍人們已經被交代過了，沒有半點驚奇的表情，更沒有人露出不服氣的表情來，不愧是訓練有素的，能撿到這夥人算是我難得的好運氣。

陳彥青似乎想打破這種肅穆的氣氛，連忙招呼：「來來來，先給咱們副隊長報個名字，彭哥你先來吧。」

我補充道：「順便說說自己的異能是什麼。」

軍人們訓練有素的一個個報上名來。

一個年紀看起來稍大的軍人率先喊出：「彭偉杰，異能是用手碰到東西就可以震動它。」

我看了看他，年紀稍長，一臉鬍碴沒刮乾淨而略顯年紀大些，但應該還不到四十，比鄭叔年輕，但這也不重要，反正結晶吃多後，人會越活越年輕，年齡根本僅供參考。

這個彭偉杰的異能倒是挺有意思，震動？這差得可遠了，就像火異能在末世半年，還沒吃過結晶的狀態下，也就只有點菸的功能。

「楊熙，叫我西瓜就好。」

這個叫西瓜的，長得一點都不西瓜，反而挺帥的，笑起來頗陽光開朗，十分像——夏震谷。

我決定從今天開始討厭他！

哼哼，這楊熙肯定是因為長得帥惹眾怒，大家恨不得吃他的血肉洩憤，所以才叫西瓜吧？

後來，陳彥青跟我說，完全不是那麼回事，純粹是因為楊熙太愛吃西瓜，曾經在晚餐前偷偷把一桌兵的瓜全幹光，這才惹上眾怒，從此就被叫西瓜，但他本人倒是挺喜歡這個外號，因為不時就有人給他帶瓜吃。

楊熙有些不能肯定的說：「我的異能好像是可以讓東西變輕吧？本來以為是力氣變大，不過有一次，子彈輕到都飄起來了。」

我一怔，竟連異能都和夏震谷一樣？重力這種異能雖沒有多麼少見，卻也不像水火那般普遍，至少我是沒見過夏震谷以外的人有這種異能——突然有種衝動想把眼前這人凍成冰棒，再一塊塊敲碎……

「小宇，怎麼了嗎？」

看見陳彥青憂心忡忡，溫家諾整個人都擋到楊熙面前時，我的理智回籠了，想起這夥人是軍人，這個楊熙還能得到阿諾的信賴，實在不像是夏震谷那傢伙，而且夏震谷那種跳脫性格在軍隊根本待不住，不可能是他！

「沒事。」我搖頭道：「只是他太像我前男友，看著就讓人生氣！」

「……」

糟糕，話說得太快，我咳了一聲，改口：「我是說，太像我的前女友。」

所有人齊齊轉頭盯著楊熙，後者的臉皮抽搐兩下，硬擠出笑容，眨眨眼嘟嘟嘴展現自己跨性別的臉。

好吧，暫時不要討厭這顆識相的西瓜吧。

經過這個前男女友的小插曲，幾個軍人開始站得沒那麼直，雖然還不至於嘻嘻哈哈，但不少人的眼中都充滿笑意。

看來我的副隊長形象又沒了，算了算了，從小到大的發呆史，再加上總是把心緒擺在臉上，想要經營高深莫測的形象實在太難。

我撇撇嘴，沒好氣的說：「繼續報名字啊，發什麼呆。」

聞言，軍人們收收眼底笑意，站姿仍舊沒恢復到筆直的狀態，整體氣氛沒有剛才那般緊繃。

「我是刁明。」

第一個報上名字的人就差點讓我笑場，好個刁民，看著卻是忠厚老實樣，父母怎麼會取這樣的名字，難道就是太老實，取個不那麼老實的名字來平衡一下嗎？

刁明也知道自己的名字怪，摸著腦袋，靦腆的笑著說：「我的異能就是能讓花啊草的動一動，就這樣而已，也不知道有什麼用……」

我猛地衝上前去抓住對方的雙手，感動得無以復加，最近這幾天的運氣好得讓人都覺得怕怕的。

刁明嚇了一大跳，應該說所有人都嚇到了。

溫家諾無言地問：「副隊長，你這又是怎麼啦？」

一時太激動，我收回手，大讚刁明：「你真的很適合種田，讓我高興得有點失態了，抱歉啊。」

「呃，謝謝，沒、沒關係。」刁明那張老實巴交的臉有些呆滯，似乎分不出來「適合種田」到底是不是誇獎。

接下來的幾人都不知道自己的異能是什麼，這也不奇怪，這群人手上都有槍，習慣性一定先用槍解決危險，加上又是軍人這種職業，缺少各種遊戲電影的荼毒，沒發現異能的存在也很正常。

「高雲、黃冠綸、李喬、林佐軍、薛喜、薛歡。」

最後一個聲音居然是個女的，我特地看了一眼，對方曬得很黑，比雲茜和百合更黑，身形比雲茜高些，但還比不上百合的高度，再穿上全套軍裝，不仔細看根本發現不了這九人中居然藏著一個女人。

她似乎也注意到我在看她，臉繃得緊緊的，堅持著一張軍人肅穆的臉，旁邊那些男人早已沒有剛踏進來的那股緊張嚴肅，唯有她還是繃緊一張臉，站姿筆直，活像一尊軍人石雕，應該立在軍營門口當標竿。

雖然旁邊的男人長得和她沒有多像，不過這兩人的名字叫做薛喜和薛歡，應該是兄妹無誤。

陳彥青連忙站上前一步，說：「薛歡很強的，她和薛喜是雙胞兄妹，體術和槍法都強，他們的雙打尤其厲害，默契一流！」

被介紹的時候，薛歡還是繃著臉，薛喜倒是笑了笑。

我點了點頭，說：「以後要麻煩薛歡妳幫我多多關照隊裡的另一名女性，她膽子小，男人可能會嚇到她，只好拜託妳了。」

薛歡一怔，竟是用軍禮回應：「是！」

這是什麼軍人典範，看看旁邊的薛喜，雖然站得也算直，臉卻是笑笑的，根本沒這麼誇張啊。

「歡歡就是這樣。」溫家諾笑吟吟的說：「咱們隊上都說她是軍人樣板，照片可以直接印在教科書上。」

歡歡這暱稱和本人真是有夠不搭，而且歡歡的哥哥莫非叫喜喜？

「叫我靴子就好。」喜喜本人卻這麼說。

我點點頭，「好的，喜喜。」

「……」

聽完所有軍人的自我介紹，輪到我這邊，我對著門外喊：「蘇盈，妳可以進來了。」

蘇盈開門走進來，一開始，所有人都努力壓抑「恍然大悟」的表情，還有幾人朝我擠擠眼，不正經的表情和剛認識的陳彥青差不多，尤其是楊熙這顆大西瓜，那笑容燦爛到我又想把他結冰敲碎。

眾人八成把蘇盈當作我的女朋友，當她一站定位，離我足有兩公尺那麼遠的時候，所有軍人都愣上一愣，看看我又看看她，搞不懂這是什麼狀況。

我幽幽地看向蘇盈，她又抖著挪開一公尺。

「小宇，你……她……」陳彥青面有難色吞吞吐吐，好似我對蘇盈做過什麼難以啟齒的事情。

我沒好氣的說：「她膽子小，我在她面前殺過幾次人，就這樣了。」

「喔！」陳彥青理解的點點頭，「這膽子也真小，你不就是把人冰起來嗎？那不算恐怖吧，要知道我們用槍爆頭，腦漿會到處噴——」

蘇盈高喊打斷他的話：「才不是冰起來呢！他最喜歡爆掉人家的頭，割斷脖子後砍碎腦袋，一個人就能殺死好多怪物啊！」

說到這，她像是猛然發現我本人就在這裡，整個人嚇得都要貼到牆上去，雙手摀臉不斷說「對不起對不起對不起」。

我也很對不起，異物殺久了，習慣性就是會把頭搞成爛泥，思考快不過身體反射速度，改不了啊……

溫家諾覺得不對，「等等，小宇你說殺『人』？」

我淡淡的解釋：「別誤會，是紅霧之後的事情，有個傭兵團想搶我們的東西，當時守家的人是我，只好開殺了，之所以把頭弄爛，是要杜絕變成異物的可能性，你們以後記得也要這麼做，就算敵人是人，一樣要弄爛腦袋，否則就等著他日後變成更恐怖的東西找上門來。」

聞言，眾軍人看著我，眼中有著「刮目相看」四個字，不枉費我故意用這麼淡然的語氣指導著「殺人要爆頭」這種事，總算得回一點敬意。

雖然蘇盈看起來更哀怨了，彷彿世上唯她知道真相只有一個——大魔王就叫做疆書宇！

我也希望自己是最終大魔王，目前尚在努力中。

環顧眾人，回想眾軍人自我介紹的名字，發現只記住彭偉杰、楊熙、刁明和薛喜薛歡兩兄妹，前三位還是因為異能以及前男友才記住的，想想又覺得這樣也沒什麼問題，在我的小隊沒有異能就當你是路人！

我看向兩個還沒有報上異能來的「路人」，本小隊的正副隊長，阿諾和阿青。

「異能呢？沒有就退位當小隊員——墊底的！」

溫家諾抓了抓平頭，伸出一根指頭來，指尖出現一抹銀灰，漸漸往下延伸，最後一整根指頭都成了銀灰色，我伸手彈了一下，硬得很，還能發出響聲。

金屬異能，跟丁駿一樣，只是表現方式不同，丁駿是操控金屬，溫家諾卻是把自己金屬化，說不上哪種好，只能看哪邊發展得更好，若敢輸給丁駿，就讓阿諾從隊長變墊底！

「金屬異能，殺傷力算不錯，努力把全身都金屬化吧。」

聞言，溫家諾明顯鬆了口氣，聽到最後一句更是愣了愣後，滿臉的興奮。

「是！」

最後，我看向陳彥青，對方卻是一臉的尷尬，旁邊的溫家諾還拍了拍他的背表示安慰，難道真的沒發現異能？

「沒發現異能？」我皺了皺眉，但看到旁邊的軍人，又覺得不是大問題，這些都是他們自己人，應該不會有不願服從無異能者的問題，至少有阿諾壓著，短期內不會有。

「有！」陳彥青急忙澄清，隨後吞吞吐吐地說：「只是我的異能有、有點怪，好像沒什麼用，白白吃了那麼多結晶。」

我一揚眉，沒有失望的意思，倒是有些好奇到底是多廢的異能，才會讓陳彥青這麼沮喪，要知道，現在連視力都不會被當作沒用的異能。

陳彥青愁眉苦臉地蹲下去撿了一塊小石頭，放在手心上，下一秒，小石頭不見了，只剩下空蕩蕩的手掌。

「就是這樣，讓東西不見，而且還要碰到才行，越大的東西要摸越久，阿諾說練熟以後，搞不好可以讓異物整個不見，但是要我去摸異物，還要摸上好幾分鐘，這也太蠢了吧！」

我有點懊悔，早知道阿諾開玩笑說阿青要嫁給我的時候，自己就該立刻應下才對！現在娶還來不來得及？

「拿出來。」我開口說。

陳彥青不解地看著我。

「把那塊石頭拿出來。」我努力克制不讓雙眼都放出光來。眾軍人都看著陳彥青，溫家諾還露出恍然大悟的表情。

陳彥青遲疑了一下，專注地看著手掌心，大約十來秒後，一顆小石頭靜靜躺在手心上，他瞪大眼，猛然抬頭看向我。

「空間異能。」我拍了拍他，嘴角還是忍不住翹起來，「以後就靠你當倉庫了。」

陳彥青恍惚的說：「這是好事嗎？」

「當然！你中大獎了你知不知道啊！」我巴了他一腦袋，怒道：「走過去一摸，物資全部收起來，完全不用煩惱負重問題，還只有你才拿得出來，你說威不威？」

陳彥青咕噥：「可是倉庫又沒有攻擊力。」

「誰說沒有，那叫空間刃，用倉庫門把人夾成兩半，懂了沒？」

「這比喻真夠形象的了！」溫家諾悶笑的說。

陳彥青還苦著張臉，似乎不覺得這很威，真是個傻瓜！

空間異能者非常有名，人數不多，初期每支隊伍都想要一個，畢竟太方便搜括物資了，等到中期，物資漸漸少了，大家也開始組成比較大的隊伍，負重量上升，空間異能者的重要性開始下降，但這時卻有人研發出攻擊方式，而且這種攻擊方式很難防，聽說越階殺人都有可能。

不過，能練出這招的空間異能者據說只有寥寥幾隻，到底是三隻還是四隻，我有點忘了，畢竟當初也只是帶著聽故事的心情，根本沒有用心去記，許多故事的細節都不清楚。

或許該好好地把末世十年的事情記錄下來？

我想著這樣做的好處和壞處，好處當然是可以發給疆域人手一本《末世注意事項》，讓大家更加認識這個末世，壞處……

「小宇？你怎麼不說話？」

我看著陳彥青，很確定空間異能者中肯定沒有這傢伙，他應該早就死在衛軍塔地下室，連溫家諾也不該好好地站在這裡，眼前這九個人說不定通通都是死人，或許還有人變成強大的異物也說不一定。

再想想之前的蝴蝶異物，如果沒有我，那傢伙是不是真的會破繭而出，成為盤據蘭都的三階異物，但我沒聽過後期有這樣的異物，不知是泯滅在更多更強大的異物群中，或者是後來的蘭都之王，十三，出手滅了她？

十三，未來的異物王者沒被分子研究所再次抓回去，身邊還有貝貝這個人類，他並不特別痛恨人類。

更別提「冰皇」，整個人直接被我搞掉了。

甚至可能影響到雷神，根據大哥說過的話，他和靳展做過交易，以末世的消息交換軍火，或許這個舉動已經影響到雷神的人生發展。

而且，靳小月到底是上輩子就有的存在，在她的幫助下，靳展才成為雷神，或者是這輩子才出現的傢伙？

不知不覺中，我竟改變這麼多事件，還件件不是小事，或者我根本不該記錄什麼，「歷史」已經改變太多，我的記錄很可能反而造成誤導。

「小宇？」溫家諾莫名地看著我。

我深呼吸一口氣，記錄什麼的再說吧，還是先辦正事要緊。

「我想要找一些東西，之後會記錄下來讓你們去找，但你們要牢牢記住，這些東西絕對不能外傳！」

溫家諾細問：「你組織小隊就是要找東西？找什麼？」

「總而言之，是找『食物』。」我看著眾人，乾脆地說：「現在到各處搜括物資是最簡單的方式，畢竟人少了很多，短期內，食物是不缺的，只是有沒有能力搜括的問題而已。」

我停了一下，確定眾人都專心聆聽，這才說到重點上。

「但未來呢？就算是罐頭、泡麵這種保存期限長的東西，又能吃上幾年？」

眾人面面相覷，似乎沒想到幾年後的事情，我卻很清楚，人們以為現在就是地獄，卻沒想到末世三年後才是真正的地獄，食物缺乏，氣溫下降，異物強大……

刁明開口說：「如果人不多，野外還是可以找到很多食物吃，不至於餓死。」

我笑了，「什麼『食物』？」

他一怔，有些緊張的舉例說：「野味、魚，或者果樹什麼的，我在農村長大，山林野溪有很多東西可以淘來吃。」

「我在蘭都外看過一整群老鼠，多得像是一陣浪潮席捲而去，連異物都會退避三舍；進了蘭都又見到蝴蝶，超過四公尺的高度，還領著一大群毛蟲，每一隻都有人這麼大，一整片區域都被他們佔領；還曾在小鎮看過十層樓高的巨樹，整座小鎮都被吃得沒剩下多少活物。

「海邊倒是還沒去過，但海裡的東西，我想應該不會比蝴蝶、老鼠和樹來得溫馴。」我平靜地繼續說：「現在再告訴我一次，什麼是『食物』？」

眾人的臉色都沉了下去，哪怕是軍人，對末世都有著深深的畏懼。

溫家諾開口問：「我們在路上也遠遠見過一頭山豬，真的很大，如果外面都是那種異物，我想食物大概是我們了。」

我看了他，山豬倒不見得是異物，那麼大隻的野獸在末世初期就會攻擊人類。

「除了變大，那隻山豬有很多變異的地方嗎？」

溫家諾一怔，仔細回想後說：「體型變大，獠牙很長，外面的皮毛泛著光澤，看起來不容易刺穿。」

「那應該不是異物，只是進化過的動物，牠是可以吃的。」

吃？眾人的臉色黑如黑霧。

陳彥青好奇的問：「你打算養豬嗎？」

我搖了搖頭，解釋：「山豬不能養，那種養不起來，你敢吃牠生的幼崽，牠就敢進化到能吃你，我要養的是別的東西，還有，稻子很強，不能種。」

稻子是真的很強，而且黑霧一來，很容易產生各種變異，一整片變異稻田簡直是鄉間最可怕的存在，幸好他們大概有戀家情結，不會離生長的地方太遠，後來，大家都會避開他們，因此稻子們吃的「食物」不夠多，階級通常不會太高，要不然這世界會被什麼東西佔領還很難說……

溫家諾喃喃：「種田和畜牧，原來如此。」

「但這些都是之後的事情了。」我皺眉看著這些人，說：「你們太弱了，不要說找我要的東西，沒有槍的話，你們甚至進不了蘭都，現在最重要的事情是找出所有人的異能，然後好好鍛鍊。」

眾人一聽到「太弱」，個個臉色都不好看，雖然並沒有開口反駁，紀律還算不錯——等等，你們突然瞪大眼是怎麼回事？

「書宇。」

我一怔，回頭一望，大哥走進來，身後只有一個凱恩，後者持著槍，雖然還是有點痞氣，氣勢卻是鋒芒畢露，壓得軍人們個個陷入備戰狀態，直盯著凱恩不放。

至於我家大哥，軍人們已經完全放棄抵抗了。

我立刻走上前去，不解的問：「大哥，有事嗎？」

大哥「嗯」了一聲，問：「書宇，你最近有打算進城嗎？」

我想了一想，回頭看了看軍人，苦惱地說：「實在想進城，可是這群軍人有人連異能都沒找出來，帶進去搞不好會團滅，還是先留下來練練好了。」

「那你就留守基地，我想進去收點物資，順便練練手。」

我想了又想，咬牙說：「你把書君帶進去，讓她也練練吧。」

弟弟妹妹一起進城，大哥肯定不能放心，那就只好讓書君跟他進城了，雖然我也不放心大哥和小妹的安危，但是——要忍耐！

大哥一揚眉，「好，過兩天就進城，你有什麼想要的東西再告訴我。」

我點了點頭，看著大哥轉身離開，其實這種事根本沒必要特地來找我，反正等到晚餐時間，我也是得回大屋吃飯，到時再問不就好了？

大哥是來給我撐腰的。

我回頭一看，那群軍人再沒有不服的神色，幾個藏不住表情的傢伙帶著訝異神色看著我，似乎直到現在才相信我真的是有能耐的。

我這張臉實在是讓人很難信服，不過也罷，來日方長，等他們像陳彥青那樣見得多了，也就服了。

「你們先回去收拾行李，我帶你們去新住處。」

溫家諾卻搖頭說：「不用了，我們沒什麼行李。」

是沒有行李，還是全留給其他軍人了？反正我總不會讓你們餓著是吧？我翻了翻白眼，但沒開口說什麼，畢竟一群顧念同袍的軍人總是好的。

我在離大屋不遠的地方挑了一幢帶圍牆和院子的四合院，雖說是「一幢」，但其實根本是一個小社區，前後左右都是長條型的平房，雖然都只有一層樓，唯有正後方的主屋是兩層，但反正小隊也沒那麼多人，這些房間的數目都夠三個冰槍小隊一人一間了。

領著軍人走到中間的院子，就算塞進這麼多人，院子還是十分寬敞，我對這個大小還算滿意，更好的是這個四合院的地理位置，他在大屋的斜後方，離大屋並不遠，我從大屋過來方便，但這裡卻遠離小鎮，做些什麼都不會引起旁人注意。

唯一麻煩的一點是屋齡有點老舊，需要一番修繕，不過不打緊，疆域現在最多的就是人。

「你們以後就住這裡，只聽我的命令，除非是疆域傭兵團現在這些成員有事找你們，否則其他人都不用理會，也不准任何人進來！」

溫家諾點頭應下。

「以後我們小隊的名稱是『冰槍小隊』，我會護著自家小隊的人，但你們若敢打著我的名號仗勢欺人——」

我微微一笑，手一伸，大量冰氣竄出，讓整個院子染上冰霜之氣，手一握緊，冰霜聚集起來成了單槓、攀高鍊、平衡木等等鍛鍊身體的器材。

震懾隊員，建造場地，兩不耽誤。

「我還缺個冰雕立在院子口當警告牌！」

✥

我一邊走回大屋，一邊對溫家諾說：「先把圍牆加高加鐵絲網，我要隱藏身分，鍛鍊你們的時候不想被人看見。」

雖然四合院的所在地很偏僻，要過來還得先經過大屋，但也難免有些人偷偷摸摸過來，所以還是把圍牆加高點，至少免去被看透的危機。

溫家諾點頭。

「等等我帶你去見百合，那是我們的後勤，你需要什麼就跟她要。」

說到這，我站定位，瞪著溫家諾，發出警告：「我會護著冰槍小隊所有人，但你們若敢坑疆域的人或物資，我也絕不會手軟！」

「絕對不會！」溫家諾立刻回答，他乖順很多，在我把院子變成冰上樂園之後。

「不會拿東西去補貼以前的同袍？」

溫家諾一滯，再說不出「不會」這兩字。

我沒好氣的說：「你的同袍都是有戰鬥力的人，我大哥又這麼缺人，若是他們好好做事，絕對不會被虧待，根本不需要你補貼，至於不肯做事的那些傢伙，如果你還想去補貼他們，要不要我凍一凍你的腦子，看能不能清醒點？」

溫家諾搖頭說：「我只是還不了解你的大哥，小宇你是個好人，但我不能肯定你的大哥是什麼樣的人。」

大哥嘛？好人還真是說不上，我想了一想，說：「我大哥是個好厲害的人。」

溫家諾笑了，隨後有些尷尬的說：「不分給同袍，能不能分給一般民眾？只是食物和衣服之類的東西，蓋圍牆的材料或武器絕對不會拿出去，這我還分得清。」

我瞥了他一眼，「別餓著肚子或者冷到生病就好，我可不要病懨懨的隊員，至於你自己多掙來的東西，誰管你要拿去送女朋友還是男朋友。」

溫家諾苦笑道：「是一對小姐弟，路上遇見的，他們和父母走散了。」

我點點頭，沒再說什麼，只想著等等要問問百合，她要如何安置上百名民眾。

經過二樓時，我挑了間空房給溫家諾，雖然他應該大部分時間都會在四合院那裡，但在大屋這裡有個房間，代表溫家諾也是疆域的重要人士，他有威信，我要做什麼事也方便，畢竟自己並不打算出面——

「二哥、二哥！」

我轉頭一看，書君從樓上衝下來，還轉了個圈圈，問：「好看嗎？」

她穿著一套讓人眼前為之一亮的服裝，整體有些類似軍裝，上身雙排釦黑底銀邊，下身則是藍色百褶裙，正是我從蘭都搜括回來的衣服，只有改動一些地方，像是加上銀邊，還有最重要的——疆域的團徽。

我對裙子太短這點略有不滿，但是看在好歹有過膝長襪，其實只露出一點大腿的分上，勉強過關。

「妳最近在做制服嗎？做得不錯，其他人都照這樣的款式下去做吧。」

我點點頭，不愧是自家勤奮努力的妹妹，才剛剛說想做制服，馬上就動工了。

「嗯，我跟玉恬姐一起做的。」

「那誰？」

「薇君姐的閨蜜。」

我想了想，應該是圓臉甜甜女，泰文的老婆，她看著確實是賢妻良母型的女人，會做衣服完全不出人意料之外。

「過兩天，大哥要進城去，妳看能不能先把他的制服趕出來。」

書君一聽，立刻用力點頭，「好，二哥你覺得大哥的衣服要怎麼樣的特殊設計嗎？」

我想了一想，說：「長風衣、長靴，黑底金邊，其他人的衣服都只能用銀邊。」

「好，我會把大哥的衣服做得金碧輝煌！」

不愧是君君，果真是她二哥肚子裡的蛔蟲——啊呸！我家君君才不是蟲，怎麼也是肚子裡的小寶貝！這聽起來好像哪邊不太對……

「那二哥你想要怎麼樣的衣服？」

我想了想，心裡有個大概的念頭，但這比較麻煩，書君應該做不出來。

「我自己做就好，妳幫我做冰槍小隊成員的衣服，不過他們人數多，需要時間，等妳回來再做吧。」

「回來？」書君眨了眨眼，不解的問：「我要去哪？」

「大哥會帶妳進城。」

書君一愣後反應過來，滿臉的欣喜。

身後，溫家諾不贊同的說：「為什麼要讓一個女孩進城？就算你大哥很強，也難保不出點意外。」

我惱怒的說：「你個烏鴉嘴，信不信我讓你一秒變冰雕？」

疆家的運氣就已經不好了，不需要你在「衰」字上頭再加個「意外」好嗎！

書君也很不高興，右手一揮，甩出一條閃電鞭，刺目的藍白光鞭尾落在溫家諾的身側，卻沒有誤擊任何東西，甚至沒打到地板，就這麼又收回去消失無蹤，別說溫家諾，連我都傻眼了。

「君君妳什麼時候練了這招……」

書君眨著水靈靈的大眼睛說：「在二哥你失蹤的時候練的。」

呵呵，我好像失蹤了一年半載似的，明明才一個月啊！

我扶著額，難怪大哥這麼乾脆地答應讓君君跟進城，這妥妥一個大殺器，別說大哥，就是疆域的人都想讓她跟吧。

「二哥，我去趕衣服囉？」

我點點頭，說：「可以多找點婦女幫妳做，給她們食物和保暖衣物當酬勞。」

有人幫忙做事，又可以發放食物，還不會讓人養成不勞而獲的壞習慣，簡直一舉數得。

君君高興的說：「好，我請玉恬姐幫忙找人！」

話說完，她就衝上樓去了，看來之前是在房間裡做衣服。

我連忙提醒：「書君，記得在一樓做衣服就好，別帶人上三樓。」

「好！」

原本還想跟書君交代記得找我媽來，但想想，媽媽有關薇君的關照，恐怕是餓不著冷不到的，我放心之餘又覺得有點酸，自家的媽成了別人的媽，想幫忙還得顧慮東顧慮西的。

「你們兄妹到底是怎麼回事……」

溫家諾整個人還是僵硬的，美少女配閃電鞭的餘韻果真很長。

我拍了拍這軍人的肩膀。

「就是，我家剛上高中的小妹可以把你一秒變焦屍，這麼回事囉！」

# 第二章

# 大哥小妹出門去

接下來的兩天，我不是在四合院虐待……我是說，訓練冰槍小隊，否則就是在房間忙自己的事，直到第三天，書君敲門說她要和大哥出門了。

我急忙踏出房門，還穿著剛做好上身試試的制服。

書君看著我的制服，皺眉道：「二哥，你的制服好像沒有很好看。」

上身是短外套加及臀上衣，看著是兩件式，但其實是假兩件，下身當然是長褲一條，照理說這樣的款式配緊身褲是比較合適的，但我只是搭了普通的褲子，更別提鞋子了，直接銀白色夾腳拖一雙。

我沒做太多解釋，只說：「太好看反而是種麻煩，我的衣服不重要，大哥的制服做好了嗎？」

書君點頭說：「大哥已經穿上了，準備要出門，讓我來跟二哥你說一聲，順便拖你出門走走。」

我摸了摸鼻子，每天還是出門有去四合院看看的，沒那麼宅吧？雖說我都是交代今天的訓練事宜，然後就回房間。

乖乖跟著書君走出房間，眾人已經在大廳等著了。

一看見大哥，真讓人眼前一亮，他穿著新上身的制服，黑底金邊的長風衣，領口金邊還巧妙地弄出疆字的弓字邊，腰間纏著皮槍套，腳上踩著我之前帶回來的長軍靴，整個人高調得像是一頭猛獅，讓人根本無法忽視，一看見就驚得連背上寒毛都通通豎起來。

站在大哥身旁的人是小殺、雲茜和關薇君，三人都已經穿上制服，真難為書君在短短的兩天內弄出來這麼多套衣服。

三人都是黑底銀邊款式，小殺是一套方便行動的無袖上衣和緊身長褲；雲茜則是短袖上衣和短褲；關薇君則是五分袖上衣和七分褲，都是黑底銀邊款式，看著和她的運動衣褲有點像，但不管是大哥的金邊或者其他人的銀邊款，制服上都帶著一塊藍。

我回頭看了君君一眼，她的百褶裙確實也是這個藍色。

莫非君君喜歡藍色嗎？以前明明比較愛粉紅色，妹妹長大了呀……但這樣也好，若是疆域制服上有塊粉紅色，還被大哥穿在身上，我可能會想自戳雙目。

除了這四人，丁駿居然也站在大哥後方，雖然沒有穿著制服，但他揹著背包，看樣子是要跟去的。

其他都是不認識的傢伙，他們身上穿著軍裝，應該是阿諾帶來的那夥軍人，數量數數竟多達十五人。

看見這麼多人，我不解地問：「大哥，你要帶這麼多人去啊？可是他們的異能應該還不強吧？在蘭都開槍恐怕會引來很多異物。」

大哥淡淡的說：「他們負責搬物資。」

原來如此。我看了看那些軍人，就算被當搬運工，也沒有露出不滿，反倒個個都對大哥十分服氣的樣子，不知道是大哥一見面就放大絕的威懾力延續到今天，還是這兩天又做了些什麼，但不管如何，他們畢竟是訓練有素的軍人，只要服了氣，應該就沒什麼問題。

我看著小殺，有點好奇，「怎麼不是凱恩？小殺不是剛進過蘭都嗎？」

小殺看著我，認真解釋：「我去找辰洋，看看他是不是還在那裡。」

哎呀，我真的忘了這隻堂弟，上官家啊，真不知實力到底如何，希望上官辰洋能夠給個解答。

最後，我看向關薇君，大哥這麼快就願意帶她出門，倒是讓人挺意外，還有一點醋意，真的只有一點點！

她笑吟吟的說：「我是在地人，負責帶路！」

我白了她一眼，說：「妳連百貨公司都不知道在哪。」

「呃，那是不常去嘛，其他地方就熟了，我知道超市和醫院在哪，書天就說這樣夠了啊！」

書天都叫得這麼自然了？我狐疑地看向大哥，該不會已經……

大哥冷淡的說：「叫團長或者老大。」

「叫戶長行嗎？」關薇君試圖爭取一下。

「……」冰皇，你弟弟的臉皮厚如異物皮你知道嗎？

得到團長冷冷一眼，關薇君還是笑吟吟的說：「好好好，團長就團長，一切都依你。」

大哥懶得理會她，揉了揉我的腦袋，說：「凱恩和鄭行他們會留在基地，如果有人欺負你，就去找他們，懂嗎？」

懂，我有什麼想欺負的人，會記得去找他們。

大哥說完話，還不肯放過我的腦袋，繼續揉揉揉，我惱得差點想在眾人面前給他來個透心涼，可惜現在正扮柔弱美青年，出手把團長做成冰棒這種事絕對不能做──等等，大哥不會就是知道這點才揉個不停吧？

我暗暗瞪了大哥一眼，但也只能任他揉個高興，這個角度卻正好看見斜後方的丁駿陰沉沉地看過來，我倆對了個眼，他立刻收起陰沉的臉色，恢復一張面癱臉。

他開口說：「團長，時間差不多了。」

大哥「嗯」了一聲，頭也不回的下指令：「你去安排人上車，準備出發。」

「是。」丁駿朝我丟了一眼，雖然還是面癱，但我就從中聞出一股耀武揚威的意味。

這傢伙該不會是想跟我爭大哥的寵？腦子破洞了吧？就算我真的是個大爛人，那也是大哥的親弟弟，難道他還會把我丟掉嗎？更何況我根本不爛呢！

大哥領著所有人出了大屋，外頭，凱恩領著一群人，正在指派任務，那些人都穿著軍裝，安靜聽指示，紀律好到讓人讚嘆。

看到這情況，我真覺得自己傻了，當初還不肯收這夥軍人，差點全部趕走，簡直是暴殄天物，看來自己腦子破的洞也不比丁駿來得小，以後收人這種事還是交給大哥處理吧，自己乖乖當個祕密武器就好。

除了凱恩和軍人，圍觀的一般民眾人數更多，他們一看見我家大哥走出來，那神色好像看見救世主似的，激動得不得了，整個精神都為之一振。

我看著倒是覺得挺奇怪，之前大哥出手放大絕明明嚇到一堆人，怎麼才過幾天就成救世主，我是不是錯過了什麼？能重播嗎？我發誓以後再也不當宅男！

大哥環顧眾人，主要是看著凱恩和留守的軍人，旁邊圍觀的一般民眾似乎完全不在他眼裡，他對凱恩說：「我不在的期間，若有人不聽你的，不必手軟。」

「是，老大。」凱恩痞痞的笑著回應：「哪兒軟也不會手軟。」

大哥朝我丟來一眼，伸手又是揉頭，我只能一口血硬吞下去，露出笑容，像個離不開兄長的孩子般說：「大哥，你要早點回來，不要讓君君在外面逗留太久。」

對，重點是早點帶君君回家。

其實，我對大哥是挺放心的，他在末世半年能放大絕招，再加上書君、小殺和雲茜，就算遇上三階異物都不需退避，若真的打不過，總也能逃得掉。

讓我放心不下的是書君，就算知道大哥會用性命護住書君，而書君本身也很厲害，但擔憂妹妹的心大約是一輩子也放不下了，哪怕她一路升級到雷電女神，我都照樣會擔憂吧。

這點實在沒法子改掉，我從小帶著妹妹，自己又不是個單純的孩子，而是隱隱帶著三十多歲女人的意識，看君君就像看自家女兒一般，所以書君可是妹妹再加上女兒這麼重要的人，誰敢傷她就讓誰死！

我憂慮地看著自家妹妹兼女兒，君君眨了眨眼，說：「二哥，我一定跟緊大哥。」

知哥莫若妹。我的心大概放下一公分的距離。

大哥伸手過來，目標是弟弟的腦袋，我瞥了一眼過去，他把手縮回去，說：

「我會顧好書君，你別亂跑，乖乖守好家。」

「嗯，我會待在基地。」基地都快要沒有疆域的人了，我哪裡敢跑啊！

大哥這才滿意了，領著人上路，一夥約二十人的隊伍，開了一台悍馬和一台中型巴士。

「哪來的悍馬？」我讚嘆，如果有個世界末日最佳車款排行榜，這輛車穩穩佔居第一名！

雖然，坦克車更加厚實，但這車太過稀有，而且一路要靠坦克前進，實在太不實際了，速度、吃油和狹窄的空間都是問題。

凱恩解釋道：「那群士兵的車，他們領著我們去開回來，丟車的地方離這不遠。」

「居然捨得丟？」我大驚，這年頭寧可丟活人都不能丟悍馬，雖然是台吃油怪物，但是末世初年有這輛車，可以無視路上的小障礙物，連大多數異物都能直接輾過去，總的來說，利遠大於弊。

「他們遇到一個異物群，有人開著悍馬引開，人就沒回來了。」

我沉默，再次懊惱自己差點把這夥人扔掉。

「出發囉！」

突然傳來關薇君清亮的喊聲，我抬頭一看，負責開悍馬的人居然是她！大哥、書君、雲茜和丁駿都坐在悍馬上，唯有小殺和那些軍人一同搭巴士。

凱恩嘖嘖說：「小關這傢伙真不賴，她練過身手，雲茜讚了一聲『還行』，業餘的傢伙能被她稱讚，那真的是很厲害了，可惜她不是我喜歡的型。」

就算是你喜歡的型也沒用，關薇君的眼睛都黏在大哥身上，八成都分不清你和雲茜有什麼差別！

看著悍馬和巴士揚長而去，我和凱恩回頭走進大屋，大門一關上，我立刻問：「大哥怎麼會帶丁駿去？我不在的時候有發生什麼事嗎？」

凱恩嗤笑道：「那小子挺愛纏著老大，尤其是你不見的時候，他就差沒叫哥了。」

心裡早叫哥了吧！我哼了一聲，道：「我回來的時候，他肯定不怎麼高興，一天到晚用晚娘臉孔對我。」

「這樣？」凱恩愣了一愣，「那他做得挺隱蔽的，我們都沒瞧見，雖然他有點纏老大，不過人倒是挺聽話，老大常叫他去做一些瑣事。沒想到他膽子這麼大，居然連你也敢惹？那等老大回來，就把他從大屋扔出去吧！」

「這樣好嗎？」我總覺得好像不太好，人都住下來了還特地扔出去，丁駿恐怕會很不甘心吧？

凱恩大剌剌地說：「有什麼不好？那小子憑什麼住在這裡？」

我想了一想，好像真的沒有什麼憑仗，他只是被撿來的，本來就不是核心成員，確實不該住在大屋裡，只是蘇盈住在這裡，我又沒想趕她的意思，連帶丁駿也就繼續住著了。

我突然想到個好主意，「我的院子差不多能住了，乾脆讓蘇盈住到我的小隊那裡，趁機把丁駿趕出去好了。」

凱恩瞥了我一眼，「你可是老大的親弟弟，疆域第一高手，想趕誰就趕誰，不用趕走蘇盈當掩飾吧？你的小隊都是軍人，一個女孩子住在那裡，這也太危險啦！」

「危險什麼？有我在，誰敢動她！棒棒想變冰棒嗎？」

凱恩扭了扭下半身，臉色有點白。

「……你對蘇盈有意思？」

他露出大白牙，笑著說：「你不覺得她總是怕得要命，像隻小狗崽不停發抖，很有趣嗎？」

你居然喜歡小狗崽般的女人，這點還比較有趣呢……

凱恩是個高大健壯的外國人，我實在不覺得膽小的蘇盈會挑這種男人，她怕都怕死了吧！為了冰槍小隊的安寧與和諧，我決定幫蘇盈一把。

「提醒你一下，我護短，蘇盈是我的小隊員，你追人沒關係，但要是露出一丁點強迫威逼的意思，你就死定了，而且我痛恨劈腿和始亂終棄，要是你敢這樣對蘇盈，你還是死定了。」

聽到這麼多個「死」字，凱恩的笑容一滯，小心翼翼的問：「那能不能先試試交往下，如果真處得不行，分手了，你能不能只打我一頓？不能用異能！不能碰棒棒！」

這還真稀罕，居然提到「交往」兩個字，我瞥了凱恩一眼，他如往常般天兵的樣子實在看不出認真程度有多高。

我聳肩說：「你先告白成功再說吧。」

凱恩立刻萎了，抱怨道：「我也想成功啊，可是她一看到我就跑，上次拉住她還尖叫，叫得老大都出來看了，害我差點被百合和雲茜來個雙打——雙人打我一個！」

「噗！」原來不是我有大魔王的待遇，連凱恩也是個小 BOSS 吧。

「怎麼樣？」凱恩又恢復一口白牙，「別趕蘇盈出大屋吧？」

我點了點頭，倒不為蘇盈擔憂，凱恩怎麼說也是疆域核心成員，個性不壞，人又長得正，雖說看著是花心了點，但這不是有我盯著嗎？

對末世的女人來說，凱恩絕對是個難得的好對象，恐怕往後想搭上他的女人可不少，基於肥水不落外人田的原則，還是試試塞給蘇盈吧。

只是這樣一來還要把丁駿趕出去嗎？只趕他一個人出去，他肯定會更記恨我，暗地多個敵人虎視眈眈的感覺真差，能不能直接滅口——不，不行，我可不是大魔王，不能因為人家討厭我就開殺，這種例子一開，以後殺的人還會少嗎？

我只是想和家人好好在末世生活，可不是要變成殺人如麻的壞蛋，更不想真正變成蘇盈眼中的大魔王！

凱恩突然說：「你不是想隱藏實力嗎？把丁駿趕出去，他會幫不少忙。」

「啊？」我一頭霧水，他還會幫忙？倒忙嗎？

凱恩理所當然地說：「他記恨你，卻打不過你，也不可能真的動手找你麻煩，當然只有背後講你壞話，但你年紀這麼輕又沒做過什麼大壞事，他頂多說說你只有一張臉，其他一無是處，個性不好，掛羊頭賣狗肉之類的話，這不是正合你意？」

掛羊頭賣狗肉是哪招，你想說的成語應該是狗仗人勢吧？

我想了想，也懶得繼續煩心，就這麼做吧，說到底，未來要煩心的人事還多著呢，不需要為了一個丁駿花費太多心力。

「好吧，那就這樣，不管他了。凱恩，大哥讓你留守的時候，有說這幾天要做什麼嗎？」

凱恩慢條斯理的說：「老大說，鄭行和你家叔嬸負責蓋基地；百合負責調派人手；我負責把所有不服氣的人通通打到服。」

「那我呢？」旁邊立著當花瓶？

凱恩聳了聳肩，「老大說你很忙，沒事別去吵你，讓你做自己的事，除非有人夠資格威脅到整個基地，我們又解決不了，再去找你出手。」

我點點頭，大哥就是懂弟弟，這種「平時閒置」定位真的太適合我了。

「說真的，你到底在忙什麼呀？」凱恩好奇的問：「要說你忙著訓練自己的小隊，好像也沒有，看你一天頂多過去兩小時，然後就整天關房間要自閉，該不會是在偷偷訓練吧？小宇你這樣不行，要練也要帶著我們練！」

我老實說：「我最近只是在房間做衣服。」

凱恩一愣，看了看我身上的衣服，疑惑的問：「你改一套衣服改這麼久？讓君君幫你不就好了？我看她領著那群婦女，做得又快又好。」

我搖頭說：「這套制服是拆了好幾套衣服才拼出來的，太難了，君君可能得花很多時間，而且我還做了另外一套。」

除了疆域制服，我還需要另一種完全不同款式的衣服，用蝴蝶異物的絲線做的，這套必須直接從布料做成衣服，還要足夠貼身，比起改衣服難多了，君君根本做不出來，當然就自己來了。

凱恩對於做衣服完全沒有興趣，搖頭嘆氣地走了。

「年輕人就是喜歡打扮，你這張臉還需要穿什麼衣服嘛……」

我知道自己長得一臉裸奔也是藝術，所以做衣服都沒多講究外觀，絲線是白的，索性就直接一身白，要不是怕一身全白像隻幽靈會嚇到人，我還真懶得把領口做好或者加點冰晶當裝飾。

那套白衣就被穿在制服底下，反正蝴蝶絲布很薄，當作內衣穿也是可以的。

更何況，如今即將邁入一月份，天氣已經很冷了，比起以往的冬天，現今的冬日更冷上幾分，雖然還沒有冷到很誇張的地步，但一般人早就穿上厚厚的羽絨外套。

疆域成員穿得這麼少，在其他人眼裡，簡直威到不行，而我這個想裝作沒那麼威的傢伙多穿點衣服才是對的。

好不容易把衣服做好了，該是時候認真去關心自家小隊，未來的糧食還得靠他們去找，得把人快點訓練好才行。

我朝著四合院走去，才剛走到入口處就聽見一聲爆炸，可惜聲響沒多大。

拉開大門，一道人影忽然出現在眼前，我反射性地一腳踢出去，足足把對方踢飛三公尺，倒在地上呻吟。

院中的人，跑步的、健身的、練異能的，以及試圖用各式各樣古怪方法找出異能的軍人們全都看了過來，卻沒有一個敢停下手邊的事，只是一邊偷瞄一邊訓練。

我走到倒地的人身旁，思量了一下，問：「你是林佐軍吧？」

那人吃痛地爬起身來，苦著臉點了點頭，隨後猛地抬起頭來，難以置信地問：「你怎麼突然記得我的名字了？」

「有異能有名字，沒異能路人甲。」

雖然說，遲遲找不出來的異能通常很特殊，但沒有差別待遇的話，他們怎麼會努力找出異能呢！

眾人的臉皮都抽搐起來，一個個鍛鍊得更加勤奮，希望早日脫離路人甲，找回自己的名字。

我問道：「什麼時候找出來的異能？」

林佐軍還來不及回話，阿諾就從四合院裡衝過來，喜氣洋洋地說：「小宇，昨晚有兩個人找出異能啊！」

我點頭道：「林佐軍，瞬間移動，這個我知道了，另一個呢？」

阿諾一愣，看到林佐軍就站在旁邊，恍然道：「原來這叫瞬間移動？還挺貼切的嘛！」

這夥軍人還真是正經八百的軍人，據說操練和出任務就忙得快沒時間喘息，休假積了一大堆卻根本不能請，當然也沒有在打遊戲或看小說，所以他們對於異能可能會有哪些表現方式，根本一點頭緒都沒有，完全不知道要怎麼嘗試，也因此，找出異能的比率才會這麼低。

這兩天過來，我主要都是在教他們怎麼找出異能，順便帶來叔叔幫我弄的四合院改建圖，讓他們自己去找百合要物資，盡快弄好冰槍小隊的根據地。

「另一個是靴子。」

阿諾朝著薛喜一個招手，對方一溜煙地跑過來，嘴角上揚，想壓都壓不下去，不等阿諾說話，他就一根手指舉起來，指尖冒了一撮小小的火焰，只夠點根菸。

「不錯。」我點點頭，水火不愧是最普遍的能力，到哪都能看見，只是這兩種能力很容易被找出來，沒想到這夥軍人居然有人是水火能力，卻直到如今才發現，不愧是死硬派軍人。

薛喜一臉喜色。

「以後出去打獵有熱食吃了。」

「……」

我拍拍薛喜的肩，「不想只當瓦斯爐，那就拚命練。」

薛喜一個「是」字說完，隨後遲疑地往後一看，直視他家弟——我是說妹妹，雖然這妹妹跟弟弟還真是沒多大區別，還是我家君君可愛一百倍。

那名不可愛的妹妹薛歡正在進行障礙跑，身手真是超專業，百合和雲茜說不定還打不過人家，當然，我是指吃進化結晶之前的較量，現在的百合和雲茜不用異能都可以打死所有冰槍小隊成員，當然，不包含我，畢竟結晶吃得多了，身體素質差得太遠。

「你家妹妹是個死硬派軍人吧？沒打過遊戲沒看過小說，有空沒空都要鍛鍊的那一種？」

薛喜一臉無奈，「是，我還打過魂斗羅，可歡歡什麼都沒玩過。」

魂斗羅……

我默然，幸好腦子有個三十多歲的關薇君，就算沒打過遊戲也聽過男生聊遊戲，不然誰知道魂斗羅是什麼鬼！我今年十八，只知道打ＬＯＬ啦！

「先生你今年貴庚啊？」我看著薛喜，這年紀看起來也沒老到哪去啊？

薛喜認真的說：「我正二八年華。」

我無言的說：「二八年華是指十六歲，小弟弟？」

「……我今年二十八歲。」

話一說完，他就被打了一腦袋，溫家諾罵道：「就叫你多念點書，一邊鍛鍊去，看看歡歡練得多認真，就你毛病多。」

等薛喜跑去加入妹妹的行列，溫家諾立刻商量起來：「小宇，我們平時就是這樣鍛鍊，就算照你說的，加五倍十倍的量上去，恐怕效果也不明顯。」

我也明白這點，這群軍人的身手其實沒什麼好挑剔的，這些鍛鍊不過是想讓他們更加熟悉自己的力量和速度而已，畢竟經歷過黑霧，這些天又餵過幾次結晶，身體素質早就不同了。

「那只是基礎訓練，等到可以進城以後，就沒有必要花這麼多時間做基礎訓練。」

就算是我，也只有早上花一小時練身手，再花一小時鍛鍊異能的細部操作，例如做一尊君君穿公主裝的冰雕，或者壓縮多次的冰晶花束插到君君的房間，其他都靠實戰累積經驗。

溫家諾雙眼一亮，連忙問：「我們什麼時候可以進城？」

「我大哥進城了，我得留守，等大哥回來再說。」

溫家諾一聽，點頭道：「團長不在，恐怕底下的民眾會浮動，不如我們也過去幫忙維持治安，放心，不會影響鍛鍊。」

我皺了皺眉，「治安有凱恩了，你去幫忙百合吧，她手上都是一般人居多，比較需要你們。」

這些軍人確實更適合維持治安，而不是當後勤，但要是送到凱恩那裡去，他手下那些兵是聽凱恩的，還是聽溫家諾的？

「好。」

溫家諾並沒有太大反應，看起來也沒有不滿，讓我放心多了，看來阿諾確實能擺正自己的位置，沒有太多奪權的意思，至少現在沒有，畢竟實力差距擺在那，根本橫跨不了。

至於將來嘛，等他真正成了疆域一員，若想要更多話語權，那就靠實力去爭囉。

溫家諾看向門口，喃喃：「阿青也去太久了。」

我不解的問：「他去哪？」

剛剛就有點疑惑這傢伙怎麼不見人影，不過因為四合院還有許多小地方在整修，我想他說不定是在裡面刷油漆也不一定，就沒有多問。

「他領著西瓜和刁明去領冬天的衣服，還有一些食物。」

說到這，溫家諾略帶無奈的說：「小宇，你看能不能找個廚娘過來？我們都不太擅長做飯，野外求生烤烤肉還行，家常菜是真的沒辦法，尤其現在缺東少西的，我們更不知道什麼配什麼，才能弄出入口不會想吐的東西來。」

我瞄向薛歡，對方正一腳把雙胞哥哥踹得半跪在地，好吧，這女人和廚娘唯一的共通點大概就是都擅長用刀，只是一個切雞豬牛羊，另一個切人，她唯一會做的料理大概是生魚片吧。

再想想隊裡另一名女性，蘇盈，嗯，這也是燒廚房小能手，有君君在，她還能幫忙洗洗菜削削皮，沒君君盯著，就剩下燒廚房的能耐了。

雖然現在也有許多男人都擅長做飯，例如我本人，但這夥大兵顯然沒空專研廚藝。

「你有人選？」

我看向溫家諾，這傢伙既然提出來，可能心中已經有人選，搞不好還是看中的女孩子，如果沒有什麼問題，我也不想棒打鴛鴦，最多就是盯著不要讓溫家諾始亂終棄。

唔，這點得跟全部隊員說說，若是敢玩弄女孩子，小心棒棒變冰棒。

溫家諾點了頭，果然如此，我白了他一眼。

「之後帶過來看看吧，不過閒雜人等是一定不能住在四合院，頂多每天過來做飯，免得被發現我們在做的事情，還有我的真面目。溫家諾，你要記住自己才是實力高強的隊長，我只是混頭銜的副隊長，就算我對你頤指氣使，那也是仗著我大哥的勢，你就是被二世祖欺壓，有怒不敢言的冰槍小隊隊長，懂吧？」

溫家諾開玩笑的說：「這也是實話，難道我沒被你欺壓嗎？」

我瞥了他一眼，「所以你有怒不敢言？」

「這可沒有。」溫家諾摸摸鼻子說：「怒什麼？比起之前路上逃竄的日子，現在有吃有穿還有得住，日子跟天堂沒兩樣。」

這倒是，好與不好是比較來的，但等好日子過久了呢？真不會生出點「想要更好」的念頭出來？

我望了溫家諾一眼，與其說是不信他，其實是不信自己，如果是大哥那樣的人，日子久了，只會讓人更服氣，但我呢？

我歪著頭想了片刻，先是關薇君的思考佔了上風，覺得自己就不是個霸氣能服人的傢伙，後來又覺得不對，我疆書宇哪時怕了人？

連大哥這樣的人物都不怕，還會怕誰？

一個溫家諾，就算有了異心又如何，敢不服，滅了就是！

扶著額，我突然覺得自己有點人格分裂，前後兩世的個性雖說差不多，但為人處事的方式卻還是有差——或許只是不得不的差別？

關薇君沒有實力，就算想強勢也沒有辦法，但就算如此，還是沒少跟夏震谷對著幹，若是上輩子有現在的實力，還不早就動手滅掉那個渣男友！

原來，前後兩世的個性壓根沒有變嗎？關薇君還真是個有魔王潛質的辦公室ＯＬ。

「小宇……」

我抬頭一看，溫家諾略帶尷尬的說：「其實廚師現在就在外頭，你要不要見見？」

我白了他一眼，話都懶得說，直接點頭讓人進來，還忍不住猜猜阿諾這傢伙會喜歡什麼類型？是溫柔小白花，還是嗆辣小辣椒？應該不會跟凱恩一樣，喜歡特殊類型吧？

結果，進來的人是個大媽，還拖著兩隻娃。

……這年紀也大了點，當溫家諾他媽都行，莫非是戀母情結？

溫家諾看過來，神情不像之前那樣笑咪咪，而是端著臉，看起來還真有隊長的威嚴，他相互介紹道：「小宇，這是王大嫂；嫂子，這是小宇，團長的弟弟。」

那大媽看著我，緊張神色消退一大半，溫和的說：「小宇年紀這麼輕，叫我王媽吧。」

「王媽。」我隨口就喊了，問道：「這是妳的小孩嗎？」

未免也太小了點，女孩大概十歲左右，手上緊緊牽著弟弟，這男娃看著最多五歲，連趕路都趕不動，居然能夠一路活下來？我瞥了溫家諾一眼，印象中，這傢伙之前說過想送物資給一對小姐弟？

王媽連忙搖頭說：「怎麼可能，我今年都六十多了，哪來這麼小的孩子，這是溫隊長讓我幫忙照顧的孩子，一個十一歲、一個四歲，兩個都很乖很懂事。」

我瞥了溫家諾一眼，對方解釋：「孩子都說不出父母去哪了，正好王大嫂也是一個人，我讓他們搭伙做個伴。」

父母不知去哪？多半是進肚子了吧？我不禁有些憐憫了，這世道，孩子要活下來多難啊！行有餘力就看著點吧，溫家諾八成也是這種想法，路上肯定沒少照顧。

「我看，以後王媽做完飯就直接留著一起吃吧，吃完再走，這樣也不怕別人會搶他們的食物。」

溫家諾一聽，立刻點頭，「這個主意好。」

王媽更是大喜，連連點頭道謝，還叫孩子快說「謝謝哥哥和叔叔」，兩個孩子倒是真乖，立刻用稚嫩的嗓音道謝，小隻的還鞠躬了呢，就算渾身髒到看不出原本面目了，但是小小一團孩子慎重地彎腰鞠躬，看起來真是超可愛啊！

我看著兩孩子都髒得看不清面目了，乾脆抓起來就朝浴室衝，「我帶他們去洗澡！」

王媽一怔，終於放鬆下來，笑說：「真的還是個孩子呢，放在以前，還不知道上大學了沒有。」

溫家諾苦笑，卻不得不附和：「差不多大一吧。」

王媽笑說：「過來之前聽見是團長的弟弟，我這心裡頭還緊張呢，想不到是個挺有禮貌的孩子，就是看著個性有點軟，現在這世道，性子軟可不是件好事。」

「呃……」溫家諾真不知該怎麼回了。

拉尖耳朵聽到這裡，我若有所悟，與其當個囂張的二世祖，說不定軟弱的二世祖更合適？囂張畢竟還有點引人注意，軟弱的話，就算我常常躲在房間不出來，那也是因為怕得不敢見人了嘛！

走到浴室，我直接放水到浴缸裡，這就是四合院的好處之一，就算自來水系統壞了，還有另一套系統是抽井水上來用的，雖說比不上自來水乾淨，但現在的人只有可能是沒水喝而死、被水異能攻擊死，甚至被水系異物殺死，就是沒聽過喝水喝死的！

「把衣服脫了。」

試著水溫，我頭也不回地說完，卻聽見倉皇的腳步聲，轉頭一看，女孩緊張地抱著弟弟後退，整個人都貼到浴室牆上去了。

見狀，我愣了愣，腦中靈光一閃，十一歲的女孩子已經開始發育了，我一個十八歲陌生男生居然讓人家脫衣服，這不是變態是什麼！

「我、我去幫你們找衣服，妳幫弟弟洗澡，注意水溫，小心別燙到！」

頂著滿腦門子的汗，我落荒而逃。

# 第三章

## 團長弟弟負責貌美如花

抹掉滿腦門子的汗，我現在感覺到腦子裡有男有女的缺點了，不管是看男的還是看女的，我要嘛不把對方當同性，大哥靳鳳皆可淫；要嘛就不把對方當異性，一聲「脫衣服」就這麼對著小女孩出口。

以後得多多注意，自己現在是男人！帶把的！不能進女生廁所！重要的事情要強調三次。

隨後，我找來兩件厚厚的長版軍外套，敲敲浴室的門，說：「有兩件外套掛在門上，洗好後先套這個，乖乖待在四合院，別亂跑出去，我去外面給你們找衣服。」

裡面傳來女孩用細細的嗓音應「好」，我這才放心地閃人，途中和溫家諾說要去大屋，對方讓我幫著看看阿青到哪去了。

「搞不好半路看見美女，泡妞去了。」想想阿青那個性子，看見長得漂亮的，連男女都不忌，還真是很有可能半途被拐走了。

溫家諾卻是搖頭說：「辦正事的時候，阿青比任何人都認真。」

聞言，我也覺得有些不對勁，四合院離大屋沒多遠，去這麼久的時間，若不是怠忽職守，那就是真出事了。

想了一想，我說：「那就所有人一起過去，由你帶隊，如果真的沒發生什麼事，你們就順勢留在那裡幫百合。」

溫家諾也覺得這樣好，立刻招呼所有人——也就八個，阿青已經先帶了兩人過去，而蘇盈則是在大屋幫忙。

出發前，溫家諾特別提醒小隊員們，在外人面前，疆書宇只是個被團長丟過來的掛名副隊長，絕對不可以露出事事以他為首的模樣，如果有危險，大家還得出手保護柔弱年少的副隊長。

這話一出，眾人的姿態仍舊嚴肅認真，只是表情有那麼點扭曲。

沿路，我一言不發，默默站在薛喜薛歡兩兄妹中間，打算從今天開始正式進入偽裝狀態，順便看看溫家諾到底當不當得起冰槍小隊的隊長。

一路走到大屋，才發現陳彥青三人的蹤跡，他們就站在大門口，手上拿著一堆東西，臉色鐵青，一副不耐煩想走的模樣，奈何周圍全是民眾，他們被包圍了。

民眾緊緊注視著陳彥青手上的物資，都不用說話，光是眼中透出的貪婪，就讓人知道他們想幹什麼。

「那是跟我們一起來的平民。」薛喜咬著牙說：「混帳東西，又是他！」

「你說誰？」我低聲問。

「那個戴眼鏡的男人。」薛歡冷靜地比著陳彥青跟前的人，「他姓王，聲稱自己是議員，我們一路逃亡，他的話特別多。」

話特別多？雖然議員話多，似乎是正常的，但放在末世逃亡的路途中，這聽起來不是什麼好詞。

「他想要指揮隊伍？」

上輩子見多了這類人，當時我們之中可沒有軍人這種職業，多半都是一般人，那才叫一個「亂」字，誰也不想聽別人的指揮。

若是遇到一個腦子還算清醒的人拿到指揮權，那就是好事，但是這種人常常拿不到指揮權，或者說，他們根本不會費力去爭，見情況不對，馬上就閃人了。

放到現在想想，如果是現在的我身處一群陌生人裡，這群陌生人又各種出狀況，我也會瞬間就閃人，擺脫豬隊友都來不及，還搶什麼指揮權。

薛喜略困擾的說：「倒不至於指揮，就是總想要插手分食物，或者分派眾人睡覺的位置，有些人不高興被他分配到不好的，整天吵個不停。」

我想了想，明白了，軍人的作戰能力太高，這個王議員顯然不可能在大行動上指揮得動這群軍人，他自己大概都不敢碰指揮權，畢竟一失誤可是會沒命的，這方面，軍人顯然專業得多，那麼剩下可爭的「權」，也就是分配物資這點了。

「意見多就算了，但是他一直不想來你這裡，說什麼比起蘭都，梔北才是首都，與其到蘭都，不如去梔北。」

呵呵，梔北是吧？那可是深淵般的存在，剛開始，每個人都想去梔北，以為首都絕對不可能淪陷，卻忘記自己可是從大城市逃出去，逃亡的路途永遠避開大都市，根本不敢靠近。

然而有哪座大都市比得上梔北？那裡的人口密度是全國之冠，一半的人成了異物，另一半則供異物吃和進化，有可能是個好去處嗎？

我低頭思索，等拿下蘭都後，真該找個時間去梔北，不不，應該先到南方的鬱城才對。

梔北實在不是個好去處，沒看見十三這個梅洲的異物之王也只是佔領蘭都，而不是梔北嗎？

說不定，梔北裡面的東西比十二頂級強者還可怕，只是沒人有辦法把那裡面的消息傳出來罷了。

其實，若是有別人可以趁現在去鬱城佔先機就好了，這樣一來，人類說不定能拿下兩座都城，那就不會混得要亡族滅種了吧？

至於梔北，那是不指望了，我自己都不敢去的深淵，卻讓別人去填命，這種事我可幹不出來。

「阿青啊，你這說的就不對啦！」王議員一臉不贊同，苦口婆心地勸道：「你們可是軍人，哪能不管我們這些平民百姓，我們民眾都吃不飽穿不暖了，跟你要些吃穿都不肯給，你是要眼睜睜看我們餓死不成？你這良心過意得去嗎？」

陳彥青臉都黑了，但除了王議員，身邊都是老弱婦孺，眼神期盼地看著他，他也不好說些硬話，只能乾巴巴地說：「這些是我們冰槍小隊的物資，你們的吃穿由疆域負責，他們不會讓你們餓死。」

「他們就是一群土匪，把我們的東西都收走，哪還會顧上我們的死活……」才說了幾句，王議員不知想起什麼，臉色發白，不敢再說下去，轉了話風，繼續苦口婆心地要東西。

「阿青啊，你們幫他們打怪物，他們可不好意思不給東西，你從指縫漏點東西給我們，讓這些老人小孩有東西吃，你不會這樣都不肯吧？」

陳彥青怒得臉都脹紅了，但身邊除了那王議員，全都是老弱婦孺，他也發作不得。

這時，他抬頭看見我們，那真是喜出望外，想擠過來卻又被擋住，若是男人也就罷了，偏偏都是一些老人，讓他想推開都覺得沒法出手。

我白了他一眼，這阿青連反駁的話都不會說，我才不信自家天兵們會虧待這些民眾，要吃撐可能不行，吃飽卻不成問題。

溫家諾表情冷淡，一步步走過去，腳步踩得十分重，漸漸吸引那些包圍民眾的注意，最後那王議員察覺不對，轉頭一看見溫家諾，氣勢就先消失一半，面對陳彥青時的咄咄逼人全收起來了。

「王議員，又對我的兵不滿了啊？」溫家諾一開口，那王議員更是臉色都黑了，卻又不得不笑臉以對。

難怪當初阿青會力推阿諾當副隊長，這實在不是同一個層級的啊！

「哪能呢！這可是大大冤枉我啦！」王議員大呼冤枉，那一臉哀怨，看得我全身起雞皮疙瘩，若不是親眼看見王議員帶著一干老人來找事，還真難相信這癡漢怨男是來找茬的。

溫家諾雙手環胸，質問：「那你圍著我的人做什麼？」

王議員立刻說：「就是關心關心你們這些軍人有沒有吃飽穿暖。」

我低聲問薛喜：「阿諾到底對他做過什麼？居然怕成這樣？」

薛喜嗤笑道：「他老是把好東西留給自己，其他人不服氣，鬧了起來，阿諾當場下令三天不准發他任何物資，那傢伙又是不敢跟去找食物的人，整天縮在老弱婦孺裡面，只靠著我們發的東西過活，三天不發他東西就是讓他餓三天，他當然不肯，罵個沒完，那當下，阿諾什麼話都沒說，直接在他耳邊開一槍，差點沒讓他成聾子，那之後，他見到阿諾就像老鼠見了貓似的，怕得要命。」

我點點頭表示理解，雖然阿諾比阿青狠，但還是像個軍人的，如果是我大哥，這槍估計不是打耳邊，是打正中間了。

「這就是個土匪窩啊！」王議員還在訴苦，「一來就把我們的東西都搶走，發那一丁點東西下來，填牙縫都不夠！這天這麼冷，他們也不多發點厚被子，這是搶了東西就要凍死我們啊！」

尼馬，我家傭兵團才幾個人，還能帶著三百人的厚被子上路不成？鎮上找找就有了好嗎！這傢伙八成沒離開大屋的方圓一百公尺。

溫家諾淡淡的說：「我們本來就不剩多少東西，頂多讓你吃上兩三天，現在早超過了，如果你上繳的比這還多，我就要問問，你之前是不是私藏了東西？」

王議員的臉色立刻變了，連忙說：「這、這可沒有！」

溫家諾沒再理會他，而是環顧周圍的老弱婦孺，那些人低著頭，壓根不敢與他對視。

「我們加入疆域這個團隊時，答應過一切都聽團長的指令，如果他要趕人出去，我們也沒話好說，你們可以再試試鬧事，多半不會被趕出去。」

溫家諾這話說得奇怪，前言不搭後語，不少人不解地偷瞄。

「團長不會容許有人帶著仇離開，這世道要害死人太簡單，團長要是像我們這麼心慈手軟，那我可不會帶著自己人加入。」

不准帶仇離開？眾人看著還有點傻不懂，這時，陳彥青開口咕噥：「團長上次才大腳踹開一個想硬搶其他人食物的傢伙，那人到現在還躺床上下不來，若不是有個老娘顧著，屍體都臭了吧！我看著都心驚膽戰，你們怎麼就又敢來鬧事？還想仗著年紀大？我可看不出團長哪邊尊老扶幼了。」

眾人臉色發白，這才終於後悔聽了王議員的挑撥，個個瞪著他，隨後七嘴八舌的跟陳彥青求情。

「長官，你別跟我們計較，我們就是老了，這腦子也傻了，隨便讓人糊弄兩句就來，我真傻！該打！」

那七老八十的老人家真搧了自己兩巴掌，還響得很，但不知是不是我的錯覺，他剛才似乎瞥了我一眼。

陳彥青當下有些不忍的說：「李爺您也別搧這麼大力。」

「應該的，應該的，誰讓我傻呢？」老人家彎腰駝背的打著哈哈，看著倒是能屈能伸，也不像個容易被糊弄的。

溫家諾冷哼道：「你倒是不傻，就是家裡的一雙兔崽子傻，你再繼續縱著他們，早晚出大事，現在一出事都是要命的，到時你哭都沒用。」

聞言，那李爺的臉色黯淡下去，只能勉強扯出笑臉說：「是是，回去就讓他們改改！」

薛喜在我耳邊低聲說：「他家的兒女，兩個都三十多了，還帶著一個五歲的孫子，那兩傢伙卻比豬還懶，連幫忙拿點物資都唸著重啊累啊，除了發食物的時候，其他時間幾乎看不到人，就讓李爺一個老人家總是過來幫忙，就為了多拿點物資回去給兒女用，簡直欠揍！要是我生出這一對混帳，乾脆直接送異物吃算了！不過話說回來，李爺也不無辜，他是老來得子，寵孩子寵得沒邊，純粹自作自受。」

我看向那李爺，不愧是爺字輩，頭髮處處斑白，年紀看起來起碼七十起跳，這樣一個老人家，為了多領物資總是過來幫忙，軍人們肯定也不好給他太重的工作，難怪會引起注意。

要知道軍人們可是領著兩百個民眾，又是忙碌的逃亡之旅，如果不是王議員這種總是出來蹦躂的，軍人應該不可能熟悉每個人。

「不過，長官啊，能不能幫忙換個屋子？」李爺長吁短嘆的說：「分配給我的屋子也太遠了，我這每天來領物資，腿腳實在受不住啊！」

我差點氣笑了，剛剛還說要兒女改改懶性子，直接讓他們來領物資不就得了？疆域會分配給他們比較遠的屋子，肯定也是看這一家有能夠出力的人，結果這一家子卻派老人來領東西。

況且，三百人分派下來，頂多不過是兩三條街，再遠能遠到哪去？這點距離根本沒差多少步路，拿著一天分量的食物是能有多累？

我想，真正的理由是離大屋太遠，讓人沒有安全感，所有人都想離大屋越近越好，最好在異物來的時候，扭頭就能奔進大屋。

其他人也七嘴八舌的說：「我分配到的房子也很遠，我看明明還有更近的空屋，為什麼就是不給我們？」

還有這回事？我想了一想也就明白了，這是給後來的人讓點位置，要是全部佔滿，後來若有一些有能耐的人加入，又還不夠資格住進大屋，難不成要人家住鎮尾，集會還得開車來？

我始終默默不說話，到這時，不少人偷瞄過來，雖說有驚豔的眼神，但更多是在注視我身上的衣服，尤其是疆域的團徽。

「長官幫個忙吧？」李爺期盼的看著溫家諾。

這李爺的手段倒是比王議員還好些，雖然年紀大，卻口口聲聲「長官」，姿態放得低，又不斷用這詞提醒軍人們的身分，比起王議員直接說「你們可是軍人」，要來得有技巧多了，就是阿諾也沒法對他惡言惡語，果然老人家還是有一套。

溫家諾一口回絕：「我不管這事，你們有問題就去找分派的人。」

「那您是管啥事的？」李爺帶著一臉好奇的問。

溫家諾淡淡的說：「照你說的，我們是軍人，還能管什麼事？不是留守就是進城找吃喝，不然這幾百人的安危和吃穿怎麼來？」

溫家諾油鹽不進，李爺沒法了，他看向我，讚了聲：「這位年輕人好俊的外貌！」

人帥不用你說，更何況，對一個七十歲的老人來說，我這身疆域制服八成帥過臉。

「之前沒看過你這小伙子啊？怎麼就跟了溫長官？」

我一臉無辜地望著李爺，一句話都不回，看他怎麼見縫插針！

可惜錯估對方的臉皮厚度，他硬是走上前來，看動作居然想摸我的頭，「你這孩子看著就討人喜歡……」

我立刻躲到薛歡背後去，雖然是個面癱兄貴的妹子，但性別終究是女，李爺也不好硬是越過她來碰我。

這時已經有許多人注意到我，尤其那個王議員，眼睛都發亮了，一個個靠上前來，我活像回老家過年被一群長輩團包圍，下一秒八成是「結婚了沒有在哪工作薪水多少有沒有車買不買房」通通一股腦兒丟過來。

好可怕啊！我寧可面對異物，直接出手揍翻是簡單多了。

溫家諾一反剛才淡然的語氣，厲道：「別碰他，否則後果自負！」

李爺嚇了一跳，惶惶然後退幾步，「這、這是怎麼了？我只是關心關心這年輕人。」

他望向我，老邁的雙眼充滿惶恐，整個人都抖了起來。

如果這是演技，我真該好好學習。

「怎麼這樣嚇老人家呢？又沒做什麼，問問而已，年輕人連句話都不回，還這樣吼老人，現在這世道啊，唉……」

周圍的老弱婦孺紛紛不贊同的低語，或是想到自己的處境，滿臉黯淡，頗有兔死狐悲的感傷。

我突然覺得頭大，若是平時，敬老尊賢倒是沒有什麼問題，但明知對方是看見制服來攀交情，我可不想惹上麻煩，畢竟對方年紀大了，打不得也不好趕，被賴上不放是真的很麻煩。

這時，有人低聲罵：「這人難道還是皇親國戚嗎？問問都得挨一頓批。」

溫家諾皺著眉頭，不好接話。

這時，我眼神一亮，立刻搖手大喊：「凱恩哥！」

不遠處，凱恩腳步一頓，嘴角抽搐兩下，但瞬間恢復帶點痞氣的虎狼樣，氣勢是足足的，尤其不知是不是因為他的底氣足，領著後方軍人過來的氣勢比溫家諾還高。

他一邊領人走過來，一邊高聲嚷嚷：「幹什麼啊？把我家老大的寶貝弟弟圍在這裡，一個個都不想要命了是不是？」

尼馬，一來就揭穿我的身分，簡直能看見未來被過年長輩團包圍的窘況，雖然有點想揍人，不過想想，反正也瞞不了多久，勉強放過凱恩一馬。

凱恩上下打量著那群老弱婦孺，眼中沒有半點敬老尊賢的意思，反而冷笑連連，直接走到我的面前，問：「小宇，這些人是不是欺負你啦？」

我想了想，露出怯生生的表情，卻不點頭或者搖頭，只是更加縮進薛歡背後。

話說歡歡啊，妳的背脊挺直成這樣，是得了僵直性脊椎炎不成？

凱恩冷笑連連，雖是笑，卻完全能讓人看出他現在是怒火滔天，他轉過身去，笑容完全消失，看著一干老弱與看著死物的眼神沒有兩樣，雙目透出的殺氣濃烈，讓我覺得這個凱恩看起來好陌生，不用演技都能表現出驚恐臉！

「好樣的，我家團長最寶貝的就是一雙弟妹，誰碰誰死！你們倒是有種，才剛到沒多久就敢來惹書宇，他媽的不知道留守的人是我嗎？要是老大知道弟弟受了委屈，我還能有好果子吃？」

說到這，滿場皆已一片死寂，根本沒有人敢說話，凱恩怒瞪溫家諾，大罵：「你搞什麼東西？團長讓你保護書宇，要保護得滴水不漏！結果你就是這麼個保護法？讓他直接面對這麼多人的包圍？書宇膽子小，難道你還不知道嗎？」

估計全冰槍小隊都不知道。

還有，你終於用對「滴水不漏」這個成語了！

溫家諾臉色一變，抿緊嘴唇低頭認錯，「是我沒做好。」

凱恩冷笑一聲，雙手一抬，兩道火柱平白竄地而起，炙焰高過一層樓，分別位於溫家諾一左一右，離人不過五十公分遠，我站得這麼遠都感覺到溫度瞬間飆高，幸好火焰存在的時間只有一剎那，若是再久點，就算沒碰著人都能隔空把我的隊長烤熟。

凱恩指著溫家諾的鼻子，發出警告：「再有下次，你乾脆去死死好啦！一群老頭子都應付不了，還能指望你從異物手裡保護書宇嗎？沒用的東西就別活著浪費糧食！」

溫家諾的臉被熱氣烘得發紅，咬牙說：「是！」

雖然凱恩直接威脅的人是溫家諾，但明顯是指桑罵槐，其他人更是嚇得臉色都白了。

凱恩這樣威脅溫家諾還有個好處，以後溫家諾六親不認也是有理的，沒保護好我，他就沒命了，哪管擋在面前的人是九十還是一百歲，照樣一腳踹開，也沒人能怪他不敬老。

估計以後不會有長輩團團圍著我不放，現在就擔心溫家諾不能領會凱恩的好意，將這威脅當真，對凱恩心生不滿。

雖然我看溫家諾從剛剛開始的反應不像他平時的個性，似乎也是在作戲。身邊都是影帝，壓力好大，相較之下，我覺得自己就是個跑龍套的，究竟能不能扮演好柔弱怯懦美青年？

凱恩再次看向那群老人團，雙手扠腰算帳道：「一個個不去領工作，跑來圍著團長弟弟，是對我們疆域有什麼不滿是吧？」

首當其衝的李爺連忙說：「我們就是來領工作的，看見這年輕人生得好，好奇打聲招呼。」

凱恩嗤笑一聲，「現在這世界，好奇可是會要人命的。」

李爺除了連連答「是」，沒敢再多說什麼。

這年頭真是人善被人欺，王議員敢惹陳彥青，卻不敢面對溫家諾，李爺採懷柔政策，就是對溫家諾也不落下風，卻對凱恩沒有什麼辦法，但凱恩卻是我家大哥的手下，總之，大哥最高！

有大哥威武如此，弟復何求。我喜孜孜的，嘴角都壓不下去，幸好有薛歡的背擋擋，也幸好這妹子的背脊夠寬廣。

這時，大屋的柵欄門突然打開來，走出一行人，其中有個眼熟的傢伙，泰文，他看見門口聚了這麼多人，先是一愣，接著快速打量老人團一眼後，神色放鬆了些，我猜是因為裡頭沒有他們的人。

他跟凱恩打了聲招呼，問道：「百合讓我找你一起去小鎮的中間區域，她說我負責蒐集物資，你把中間再掃蕩一次，免得有漏網之魚。」

凱恩白了他一眼，不耐的說：「掃了一次又一次，螞蟻都掃光啦！」

泰文笑笑說：「小心點也是好的，現在連螞蟻都能傷人。」

凱恩怪聲怪調的說：「要是連螞蟻都不敢打，我看還是趁早去見上帝吧，地球太危險啦！」

老人團們都不敢說話，一個個動作敏捷如年輕人般快步離開。

泰文望著那群老人團的背影，皺眉道：「這群新來的民眾很糟糕，一些比較年輕的，整天縮在屋子，老人倒是一個個跑得勤奮，但是多半也都做得少抱怨得多，聽說他們也是一路逃命過來的，不是嗎？這素質還真難讓人相信他們可以逃多遠。」

我看向溫家諾，果然，對方有些尷尬，他領來的民眾和泰文那群自食其力的可不一樣，前者有帶槍軍人的保護，後者可是沒槍的平民，還攙老扶幼帶傷的從大城市逃出來，這素質能一樣嗎？

凱恩聳聳肩說：「老大說觀察一段時間看看，什麼海水退了才知道誰沒穿褲子。」

泰文恍然大悟，含笑點頭道：「那倒是，但是沒穿褲子的，該怎麼處理？」

凱恩聳肩說：「我哪知，等老大回來再說。」

不管真不知假不知，泰文等人也是站在海水中待觀察的那一群，要如何處置，確實不該先告知他們，凱恩看著大剌剌的，但在重要事情上可不會犯渾。

「走吧。」凱恩一撇頭，朝我喊：「書宇你有要用這些人嗎？沒的話，乾脆讓他們跟我去巡鎮，早點巡完早點回來吃晚飯。」

「小宇，你也在這啊？」泰文這才發現我也在場，感嘆道：「你還是喜歡縮在別人背後，這次倒是換了人，也是，你男朋友進城去了，這莫非是……你閨蜜？」

閨你個頭，闕薇君難道沒告訴過你，小殺根本不是我的男朋友嗎！你害薛歡的僵直性脊椎炎更嚴重了啦！

我從薛歡背後走出來，臭著臉說：「小殺不是我男朋友，那只是假扮的，方便靠近說話而已！」

泰文一聲「是嗎」，看起來不太信，靠，該不會連闕薇君其實也是不信的吧？我扶著額，不知道為什麼全世界都想把小殺塞過來，你們問過小殺本人沒有啊？他現在看著我的眼神，簡直像是看著我家大哥，滿滿都是佩服。

泰文好奇的問：「書宇你領這麼多人過來，難道有什麼事嗎？」

我正想說話時，溫家諾一個大步上前，開口說：「我的人來領個物資領半天都沒回來，我料想肯定出事了，就過來看看狀況。」

泰文的注意力立刻被溫家諾引走，「您是？」

溫家諾自我介紹道：「我是溫家諾，新成立的冰槍小隊隊長。」

泰文也非常熱情的打招呼：「我叫泰文，不久前才來到這裡，還請多多指教。」

溫家諾點點頭，豪氣地說：「指教不敢，有什麼需要幫忙就儘管說，我們一夥都是軍人，什麼沒有就力氣多。」

聞言，泰文的眼神閃了閃，笑著說：「難怪這麼有架勢，我們都是一般人，倒是沒多少力氣。」

是嗎？那炸加油站的不知道是哪夥人？

「但很會做一些瑣事，你們若是有衣服要縫縫補補，有水電要修，還是要打掃整理，都儘管來找我們。」

聞言，溫家諾點著頭，「這些事倒是真挺需要的，放心，我們也不會讓你的人白幹活，用吃的換應該可以吧？」

「當然沒問題。」

泰文笑得非常溫和可親，但我看他就像隻狐狸，幸好溫家諾的外貌看起來是個粗漢子，但內心根本和泰文是同一個狐狸族！

這兩人心理素質強大，將來的實力肯定不會弱，想到這，我就有點擔憂，但又想起大哥說的話，他不要蠢材只要人才，眼前這兩人倒是挺符合要求。

凱恩不耐煩的插嘴：「好啦好啦，還聊個沒完呢，等等百合看你們這麼閒，氣到衝出來揍人，別怪我沒提醒你們，快跟我去巡街！」

巡街啊，好懶得去。正想找個理由回房間玩小容，眼前卻突然閃了一閃，我一愣，還以為眼花時，卻又是一閃，彷彿周圍有大燈閃爍。

「那邊，是閃電！」有人驚呼。

我扭頭一看，那是蘭都的方向，在建築群中，一道兩道的閃電不時亮起來。閃電群竟從地面竄出來，這與以往從天空落下閃電完全相反的狀況，讓所有人都驚呆了，我的腦中更是嚇得一片空白。

「書君？」

# 第四章

## 冰雷交鋒

「書宇你去哪？」

背後傳來凱恩的輕呼，我卻顧不上任何人，只是拚命狂奔，滿腦子都是書君出現種種危機，想到她可能受傷、流血，甚至……

我拔腿狂奔，哪怕腦子裡有個小小聲音說基地快沒疆域的人了，自己應該留守在這裡才是對的，書君身邊還有大哥呢——那為什麼她會發出這麼大量閃電群？

我總說書君的能力強得驚人，卻是細微操作的能力非常強，真正論起強度，她就算不弱，也不見得比疆域其他人強太多，尤其在傭兵們真正意識到異能的強悍和重要性後，急起直追的速度堪比火箭。

這麼大的閃電群，書君必是使盡全力，如果沒遇上真正的危險，她是不會那麼做的，因為我老早就再三跟她叮嚀，盡可能用最少的能量來打敗敵人，因為妳永遠都不會知道下個街角還會遇上哪些異物，除非萬不得已，否則千萬別把能量耗盡。

但再多藉口，其實最後也只有一個原因——我最在意的人還是書君，就算是大哥也得往後排，更何況是疆域的人。

一路狂奔，路上遇見不少民眾，他們紛紛訝異地看著我，這樣下去，我的偽裝都快蕩然無存了，只好用僅存的理智逼自己奔到沒人的地方，多花個幾秒踹掉鞋子扒去外衣。

這套制服是特製的，內面用的是黑色亮面布，只要用內面朝外揉成一團，看起來就像一包垃圾袋，隨手扔在路邊都沒人想撿。

這時，我的身上僅剩蝴蝶絲布做成的衣服，一身純白的貼身衣物，僅在領口和身體側邊有些裝飾。

右手輕觸臉頰，凝出一副冰面具，更瞬間壓縮五層，讓透度降低，用來遮掩面部，腳下則化出冰刀，瞬間滑出老遠一段距離。

靠著滑行出鎮，幸運地立刻找到一輛跑車，一路油門踩到底，狂飆到蘭都的外圍，這裡的路上開始有許多廢棄車輛，並不好開進去，加上車子的聲響太大，若引來異物圍剿，只會讓我更慢抵達。

遠處不時發出閃電的電光，雖然沒有一開始的閃電群那麼嚇人，卻讓我更加驚恐了，這是不是代表書君已經沒有辦法發出那麼強的能量了？

下了車，我再次化出冰刀，瘋狂地滑行，根本無視面前的任何障礙物，直接利用冰的黏結踩在高樓的各個面，吃過結晶的身體彈跳力大增，讓我可以從一幢高樓直接跳到另一幢，也多虧蘭都是個高樓大廈能連成一片的大都市。

但還是有越不過去的時候，我望著遠方不時閃過的電光，心裡一狠，無視底下幾十層樓的高度，快速助跑後跳出去，在半空中化出一片片薄如蠶翼的冰片，踩過即碎，卻至少讓我有個著力點。

一片片踩過去，我的高度卻漸漸下降，眼見就要踏不上隔壁大樓，這一掉下去又要耽擱多少時間？就算我拚死趕路進城，花去不少時間，書君根本不可能撐這麼久！說不定已經……

一個發狠，我就連踩腳的冰片都壓縮，以往不這麼做是因為時間實在太短暫，浮在空中的冰片在一瞬間就會掉落，而我還得踩上去借力，真正可以用來壓縮的時間只有一眨眼，甚至可以說，在冰片出現的同時就得壓縮完成。

雙層壓縮冰片在我踩上去發力的那瞬間還是破碎了，卻已經足夠用來維持高度，雖然沒有上升，至少持平了。

到現在我才終於明白，壓縮冰片的強度才足夠當著力點，難怪之前再怎麼努力都沒有辦法踩著冰片上升，現在已經能夠勉強保持住高度，若是我有能力再壓縮個幾層，上升也不在話下。

但當初，冰皇卻沒有提到這個小技巧……啊！莫非他已經把壓縮冰當作一般冰用了，壓根就沒想到要專門提醒這點嗎？

總算抓到技巧後，我能更加快速越過大片高樓，卻還覺得不夠滿意，如果再強一些，直接化出漫天冰道，現在我早就可以找到書君了……

一道閃電由下竄上來，近在眼前，中間已經沒有障礙物。

我連忙低頭尋找妹妹的蹤影，只見一個陌生的男人站在巨大坑洞的邊緣，那坑底竟還趴著一個人，不知是生是死，幸好那身型和頭髮的顏色絕不是書君，那是一個男人……不是大哥吧？

這時，坑邊那男人將右手高舉過頭，掌心竟發出藍白電光，那電光漸漸凝結成球，眼見這顆閃電球就要往坑底砸了，我心一驚，連忙一邊喊「住手」，一邊衝下去，卻還是來不及阻止，只能眼睜睜看著那顆電球落到坑底那不知身分的人身上，將他燒了個焦黑。

會是大哥嗎？

我衝向坑底，心早已涼了一半，另一半還有點理智，大哥這麼強大，在另一個世界還是冰皇這等頂級強者，怎麼可能就這樣沒了，絕不可能！

就算剛才躺在坑底的人，髮色和大哥有些像，但、但是又沒有看見書君！

還是她已經……

光想想大哥和小妹可能有的遭遇就讓我心疼得快喘不過氣來，根本無法釐清一連串的揣測，哪怕覺得到處都不對勁，但還是先把屍、屍……先把這個人翻過來仔細看看吧——

眼前突然電光一閃，我其實根本沒反應過來，卻靠著身體本能閃開了，才一縱身跳出坑底，那坑就再次被數道雷電轟炸。

我怔怔的低頭，坑底只剩散落的焦黑屍塊，不仔細觀察還看不出是個人，這下完全不可能認出那具焦屍的真面目。

這卻讓人反而冷靜下來，這不可能是大哥，我家大哥不可能是這種下場，絕不！

冷靜下來後，我發覺自己可能有所誤會，閃電根本不是書君發出來的，而是那個男人，沒想到除了書君，這個時期竟有人可以發出這樣強大的雷電異能。

就是因為太不可能，所以，我一看見閃電群就認為是書君。

縱然知道真相就是如此，心裡卻還是有一絲惶恐，畢竟我的到來改變太多事情。

原本該是大哥自己撐著整支傭兵團，他應該會因此有許多歷練，甚至幾經生死關頭，但在我前世的記憶復甦後，一切都變了，雖然讓大哥提早開始吃結晶，但也有可能因此讓他少掉太多生死關頭的鍛鍊。

書君更是……早不該存在的吧？

只怕上天想收回這麼好的妹妹，所以就算只有微乎其微的可能性，我還是感覺十分憤怒，抬起頭來，怒視那名亂轟閃電的男人，這時，他竟還不分緣由射來一把閃電，我閃躲的同時沒忘回送一大把冰刀。

「這是……冰？」

那男人用閃電劈歪飛刀，看著地上的碎冰，有些詫異，隨後微勾嘴角，帶著嘲諷的語氣說：「只是冰。」

好樣的，三個字就讓我想把這傢伙做成冰雕，看看他還會不會說「只是冰」！

「為什麼阻止我？」那男人不解地問，雖然語氣聽起來似乎也不是很在意原因。

我比著坑底，怒道：「你為什麼攻擊他？」

那男人一揚眉，「你們認識？」

絕對不認識！我強忍怒火，仔細詢問：「他是不是一個二十多歲的男人，穿著黑底金紋長風衣，腰間還掛著槍？」

那男人不在意的說：「差不多吧。」

差不多個頭！我的心臟差點要跳出胸口，若不是看出這男人回答得十足不認真，我真的會嚇死啊！

「給我認真點回答！」

那男人不氣反笑，「那就看你夠不夠資格讓我認真！」

感覺到對方的戰意，我立刻在腳底凝結出冰刀，一路往上凍到膝蓋，變成一雙冰長靴。

家裡有個雷電屬性的妹妹可以做實驗，我對雷電異能的認識不淺，其實冰的導電性並不好，只要有層冰隔著，雷電對我的傷害會少個兩成，聽起來不多，但有時就是那一丁點傷害決定生或死。

在做長靴的短暫時間裡，那男人沒閒著等我弄好戰鬥裝備，一出手就扔出三顆拳頭大小的雷電球，雖然球的速度不快，但我感覺不太妙，立刻向後滑出一大段距離，遠離那三顆球。

雷電球一口氣爆開，形成大片的雷電叢，如果剛才沒避開，現在應該全身都麻了。

當然，單單只有麻是因為我有異能護身，如果是一般人，那至少五分熟了。

沒想到，雷電竟還能這樣用，簡直像手榴彈似的，雖然速度不快，但若是對付數量龐大的對手，這倒是比書君的閃電鞭來得更好用，一顆就倒一批，效率簡直不能更高。

這傢伙真不是泛泛之輩，使用雷電的能力應該在書君之上，當然，我是指戰鬥能力，如果是家務方面，我肯定他沒辦法一邊給冷氣機充電一邊睡覺。

我喚出冰匕首，短得令人有點想嘆息，匕首這類武器得非常近身才能傷到對方，但擁有雷電異能的人卻是極難近身，不說別的，光是來張電網防身，我就只剩下用異能比拚，強行突破這招了。

顯然對方也明白這點，他勾起嘴角，在身前身後各弄出一顆雷電球飄浮不動，若是敢靠近他，多半會立刻爆開來，就算傷不到我，也能阻一阻我的動作。

我當下決定在他的身邊快速滑動，一把把飛刀像不要錢似的射出去，他其實跟不上我的速度，卻或多或少可以感覺到能量波動，一有動靜就立刻發出閃電打落冰刀。

但我卻不見得每次都真的發出冰刀，有時是給藏在衣服下的小容充點能量，有時甚至只是個幌子，在我過來之前，對方已經打了很久，滿地的焦屍，似乎不只坑底那一具，這人再怎麼強也有個限度，再這樣耗損下去，他遲早得倒下。

這有點趁人之危，但我為了趕時間，簡直拚死趕路，用掉的能量也相當驚人，加上這裡是蘭都，我甚至還搞不清楚自己在哪個區域，不能把所有能力都花在這場戰鬥上。

事實上，我有些猶豫，如果只是一場誤會，似乎沒必要打……

對方突然舉起手來，我的臉頰出現血痕，若不是身體反射性躲了一下，現在腦袋八成都開花啦！

他居然拔了槍，異能不夠子彈來補，好吧，現在的我確實還是怕子彈的，瞬間化出的冰壁並不足以完全擋住子彈，雖然可以減緩去勢，真打到身上頂多受點傷，但不會致命。

不過，我指的是普通的槍，這男人手上拿的那把槍看起來真不是普通的玩意兒！明明是手槍的外表，卻有一般手槍的一倍半那麼大，連套在槍管上的消音器看著都十分不尋常。

這槍該不會是末日後才改出來的吧？放在末日之前，這種槍能有幾位大力士承受得起後座力？

我閃過這槍，子彈打中水泥牆面，竟還打出一個小坑來，這根本是迷你版小火箭筒吧！

這是一個懂槍的人，和我家傭兵一樣，這類人的槍技比武技要來得好多了，就算異能很威，但一開始要能和身手配合得好，除非那人多半就是習武的。

我見過幾個這樣的人，但後來都沒有強到哪去，畢竟現代人哪來那麼多真正的武術高手，哪怕是競賽場上的常勝軍，能夠以一敵二或三，但遇上真正見過血的凶人，還是會敗得命都沒有，畢竟習武和殺人還是兩回事。

到了後期，才有一些以體術武技聞名的高手，因為末日確實歷練人，哪怕一名辦公室ＯＬ經過末世的生死歷練，若回到末世前，就算沒吃結晶也能屌打五個男人不唬爛！

這男人顯然不是武術高手，而是槍術高手，所以他想出的技巧是把閃電當手榴彈用。

就跟我家的家務小能手君君一開始是把雷電異能當充電器用，是同一個道理，從運用異能的方式就能知道這人的本職是什麼。

眼前這傢伙多半原本就是個凶人，殺手？黑道？

槍法絕對準，但身手只算還行，不到非常強悍的地步，十之八九是黑道。

面對火力強大的槍枝，我選擇閃躲，就算有冰壁阻緩子彈，肌肉筋骨也早就因結晶而變得強健無比，但面對這種火力強大的槍械，免不了還是得噴血甚至裂骨。

在蘭都把自己搞到重傷這種事，雖然上次就做過了，幸好小容聰明，在我醒來前先用樹根把人埋了，不然有沒有機會醒來還真難說。

比起閃電，這男人的槍法實在準多了，也不知是如何瞄準，明明跟不上我的速度，但他還是槍槍都開得很到位，若不是我的直覺也強，閃得及時，身上都不知道多幾個洞了。

用槍高手的直覺果真準得嚇人，幸好改用閃電後效果差了很多，可能是還不夠熟練的關係，發出異能的速度遠沒有開槍來得快，這點可是需要長期訓練的。

書君發出閃電的速度都比這男人快得多，她只是在能量、身手和戰鬥意識輸人，但這些都急不得，只能慢慢累積能量和戰鬥經驗。

閃過兩顆子彈，外加一道閃電網後，我終於逼近不到三公尺的距離，對方知道被近身是件很不妙的事，腳步連連往後退，舉著槍，子彈從未斷過，但絕不是胡亂掃射，槍槍都對準目標，子彈落空的責任在我不在他。

閃躲的同時，我手上的一把冰刀射出去，子彈和冰刀在空中相撞，激起炫目火光。

趁著火光一瞬，我立刻逼近到男人跟前，並且很確定對方根本沒看見我，但他的反射神經太強，槍舉起的位置恰恰就在我的額前，與此同時，他還發出大片閃電。

這人的戰鬥意識真是太強，完全知道我的下一步動作，幸好我也不差，一偏頭閃過槍口，全身瞬間覆上冰層，雖然沒辦法完全隔絕，閃電還是讓皮膚又痛又麻，但這種程度忍忍就好。

冰匕朝著對方的心口刺出去，沒想到，他卻以極快的速度閃過去，與剛才展現出來的速度截然不同，我不禁有點疑惑，莫非他有兩種異能，另一種是速度？或者是雷電異能可以加速？

書君目前並沒有表現出這種特性，但有可能是我不懂的運用方式，到末世中後期，即使是異能性質完全一樣的人，打出來的風格還是截然不同。

但接下來，他又恢復到原本的速度，莫非如此，緊接著用那種速度近距離給我當頭一槍，雖然不至於會死，重傷卻是難免的。

看來那速度至少是不能持久的，只能瞬間爆發，否則他不可能放過大好機會。但即使他沒有那麼快的速度，我的距離也實在太近，加上以為這擊必定得手而有些輕忽，對方閃躲後順手送來一槍，我只是勉強閃掉，子彈擦過肩膀，迸出血花來，幸好還有冰層擋擋，肩胛骨應該沒打折。

對方隱藏爆發速度這一個祕密武器，幸好我也有後招，在刺出匕首之後，兩根長長的枝條從胸口射出去。

對方沒料到這點，閃躲後只顧著開槍，即使有超強的戰鬥意識，靠著反射動作也只勉強挪動些微距離，僅僅避開要害部位，枝條仍舊穿過他的手臂，而後被槍射斷。

痛！

呵呵，樹會說話什麼的，在末世還真不算什麼，哪天小容會生孩子，我都能淡定地接生吧。

這時，手臂被洞穿的男人竟還能一邊往後退，一邊撒出雷電巨網，這致命的網瞬間擴張開來，我根本來不及後退，只能瞬間凝冰覆在皮膚上。

尼馬，就算有冰隔絕，我還是覺得自己有三分熟了，雷電異能果真名不虛傳，將「攻擊就是最好的防守」這句話發揮到極致。

頂著全身的麻痛，我瞬間往對方衝近一段距離，這裡的雷電威力大到可以瞬間將一個普通人電死，即使是我也沒辦法如沒事人般地繼續前進，直接單膝跪地，以手觸地凍出一條冰地毯，直衝對方而去。

有地為媒介，對方的雷電無法完全擊碎我的冰，等冰毯衝到他的跟前，瞬間竄出十來根冰錐，密密麻麻宛如荊棘叢。

他一驚，即使立刻收攏閃電增加強度，卻仍舊打不碎所有冰荊棘，有兩根冰棘擦過他的大腿和小腿，可惜傷得比較深的地方是小腿，出血量不大。

這時，我已衝到他的面前，無視強大的痛麻，匕首朝著對方的心口刺去，他用槍架住匕首，兩人瞬間僵持住，這人的力氣絕對不比我小，可惜我根本沒打算和他硬碰硬，直接一記側踢踹向他的小腿。

中了！

誰知道顧此失彼，他竟硬是扭轉槍身，擺脫僵持的困境，槍口對著我，轟出子彈……

我硬是以不可能之姿扭身避開這槍，隨後下腰一個後翻，一口氣往後拉開距離。

幸好我從未放棄柔軟和靈活度，以往還是關薇君的時候，吃的結晶不夠，力量不足，不知道靠著敏捷的身手躲過多少必死之局，這一世，哪怕力氣已經不輸人，卻不願放棄過往的戰鬥經驗，照樣把身手朝著靈活敏捷的路子走。

這還是冰皇掛過保證的，他說我的身手練得相當不錯，繼續保持下去，大有可為！

聽見這話，我那個驕傲啊！不過，冰皇下一句又補充說明，我因此很不擅長和對手短兵相接，下意識就會選擇閃躲，哪怕實力高過敵人都不會選擇直接正面對決，有夠沒出息，必須改！

想想剛才，我好歹有硬扛著雷電網衝上前去，還用匕首和對方的槍僵持不下，算是有改吧？

正面對決的結果還不算壞，雖然最後這一槍擦過我的左上臂，不愧是火力強大的槍械，只是擦過去就讓我少了一塊肉，若放在末世前，手臂大概得留個杯口大的永久傷疤，但現在是末世後，結晶多吃吃，十之八九都能痊癒到連疤都不留。

要說末世有什麼好，也就是進化結晶這一點好，什麼類固醇抗生素都遠遠不夠看，雖然有人提出疑慮，進化結晶吃多了，人不知會怎樣，但因為不吃會怎樣倒是更加清楚明白——被異物活活吞掉，所以沒人會選擇不吃。

一路活到末世十年，我倒是有些清楚進化結晶吃多的後果。

到最後，人不人，異物不異物。

「你倒是挺強！」

對方收起一開始的輕蔑，神色比之前嚴肅許多。

我打量彼此的傷勢，自己的肩膀和手臂被子彈擦過去，全身被電得又痛又麻。他則主要傷在腿上，兩道割傷正涔涔流血，還有近身對決時，那道踢擊確實踢得正著，他的腿骨至少是裂了，就是斷掉也不奇怪。

他微微垂下槍口，見狀，我遲疑了一下，還是收起戰鬥姿勢，當然，僅僅只是看起來而已，若真要再打，隨時都行！

「這戰打得過癮！」他一揚眉，說：「就是不知為什麼打起來。」

我冷冷地說：「這世道，怎麼打起來，很重要嗎？」

他不想打下去了，雖然乍看是我傷得比較重，但我的傷並不會阻礙行動，只要無視傷痛，照樣行動自如，但他的腿應該傷得不輕，又是傷到骨頭，肯定沒辦法行動如初。

這人的身手速度本就不如我，現在又傷了腿，只要被我再次近身，多半就是他的死期！

他已是強弩之末。

到現在，我才終於看清周圍的狀況，他對付的人絕對不是一個兩個，應該是一群人，只是周圍的環境本就被他轟得亂七八糟，我才沒在第一時間發現地上有些散落的焦屍塊。

就算我為了趕路而瘋狂使用異能，但對方的消耗顯然更大。

「是不重要。」他淡淡地說：「但我看你是不想打了。」

我沉默不語。雖然對方故意把情況說反，明明是他更不想打下去，但我確實是不想打了，這戰根本沒有意義，真要說起來，還是自己理虧……

「我——」

對方突然舉起槍來，我立刻擺出戰鬥姿勢。

他卻是一喝：「那邊！」

我一怔，雖然有點疑惑是陷阱，但眼尾確實瞄見動靜，強烈的直覺讓我迅速退開來，與此同時，地上爆開兩個小坑，若是我沒退開，腿都要被射爆了。

遠距離槍械還有這種威力，狙擊槍？

今天真是什麼槍都出來了，以疆家的運氣看來，等等出現坦克車開炮都不奇怪，還是快快閃人為上。

躲在梁柱後方，我偏過頭去，對面那男人也躲在另一根柱子下，我們對看了一眼，都在彼此眼中看見不想打的意思。

猶豫了一下，閃人之前，我還是開口說了句：「今天，抱歉了。」

對方一揚眉，「你欠我一次。」

「……嗯。」

只好點頭認下，誰叫我誤會對方，雖然不知他的對手是誰，但總之是不關我事，自己根本跑出來鬧的，雖然對方的口氣太差又直接動手，也是主要原因之一。

兩人達成共識後，扭頭朝兩個方向跑，這樣一來，隱藏的敵人想追也得分兩邊，或者賭運氣看看敵人會選擇追哪邊——尼馬，我最怕的就是賭運氣！

我一個縱身攀上牆面，爬到五、六樓的高度後破窗而入，那男人顯然沒有我攀岩走壁的能力，他選擇跑進另一幢建築物內，如果這樣，隱藏的敵人還是選擇追我，那、那……疆家這麼威武霸氣，總是要有個缺點吧！

這樣安慰自己，果然好多了。

我閃進建築物時，子彈打在牆面上，差點就擊中了，幸好我的速度夠快。

這種槍法肯定不是平民撿到狙擊槍，甚至不會是黑道，至少也必須是個職業殺手，才會有這種槍法，否則就是……

軍人？

我皺眉，突然想起溫家諾他們，這時候的軍人已經墮落到可以隨意對人開槍的地步了嗎？應該還沒有吧？

正思考時，背後傳來幾不可聞的細微聲響，我猛地轉身，門口有幾道人影，還來不及分辨時，那些人已經開了槍，雖然不如剛才那男人的槍，但這些人拿的卻是連發式槍械，人數又多，就算一槍兩槍地打不穿我，幾十槍打下來還是得變蜂窩！

我只能跳窗，後背還硬吃下好幾顆子彈，下到地面，又成為狙擊槍的目標，但想到背後的大樓不知藏著多少人，我只能頂著槍林彈雨，硬是穿過街道，衝到另一幢大樓。

竟然直接衝到有敵人隱藏的樓層，這運氣，逆天了！

差到逆天啊！

莫名其妙地吃下好幾顆子彈，我十分惱怒，躲進另一幢大樓，還裡裡外外搜了一遍，確定沒有敵人埋伏，這才安心潛伏下來，觀察外面的狀況。

等了好一會兒後，才有人姍姍出現，這些人也是夠謹慎的，數量上倒是不像殺手，莫非真是軍人？

我靜下所有思緒，不管是什麼，這些人看起來都不是泛泛之輩，若是不夠專注，很可能會被發現，他們人數多，火力又強大，我現在渾身是傷，又處於蘭都這種危險地帶，根本沒有必要和對方硬拚。

心如止水，平靜地等待對方的人集結完畢，最後發現，果然是一夥軍人！

這些軍人在搞什麼鬼，就算我和剛才那男人看起來不像一般小老百姓，也用不著潛伏在旁邊開槍吧？

難道誤會我們是異物了？唔，這倒是很有可能，我和剛才那男人的進度實在有點太超前，看起來確實不像人。

我皺眉看著他們的行動，大約有二十來人，通通穿著全套軍人配備，看著比溫家諾那一夥人的武裝更好，有五人拿著長型盒子，應該裝的是狙擊槍，其他十來人都是手持連發式槍械，腰間掛著一到兩把手槍，渾身都是口袋，裝的全是彈匣。

這火力也真是強得誇張，難怪異物都沒找上他們，現在的異物野性直覺很強，加上柔弱的人類還多得是，填飽肚子不難，根本沒必要和這夥人硬拚。

我和那男人拚鬥時，沒有異物找上門，多半也是因為這個原因，但若是我們兩人拚到重傷，會不會有漁翁來把我們一起收了？

這一次真的太過魯莽，即使心繫書君的安危，我這樣完全不掩飾蹤跡地過來，搞不好反倒會帶來危險……

看這些軍人不就是活生生的例子嗎？若不是我和男人的拚鬥，哪會引來這些人的敵意，就不信他們遇見一般老百姓也照樣開槍！

那些軍人之中，有一個人總是站在所有人前方，看起來像是領頭的，人看著倒是沒什麼特別，深古銅色皮膚，一身裝備和其他人差不多，頂多是多把槍，身材算是高大，但還比不上溫家諾那座山岳——

突然間，他轉過身來，正對著我的位置皺了皺眉，讓人正緊張的時候，他卻又轉開視線，似乎沒有發現我的存在。

那人的左額延伸到眼下有幾條紅傷疤，深深淺淺，看起來像是被炸傷的痕跡，傷口不淺，應該是運氣好才能保住那隻左眼。

從臉龐看起來不是年輕小伙子，眼尾和眉間皺紋深刻，或許有四十？但也可能沒那麼老，傷疤、深膚色，還有皺紋都會讓他看起來比實際年齡更老。

那男人對身邊的兩人說話，但距離隔得太遠，他們說話的音量也壓得頗低，我聽得斷斷續續，只聽見那些人在激動時不自覺提高音量的字句。

「那真的是人嗎？」

當然，貨真價實，長得還很帥！

傷疤男人一開口就罵：「操他奶奶個什麼玩意兒，下次再遇到，操，兩個都抓回去剖半，裡裡外外看個遍，是人是鬼清楚明白！」

一開口就問候人家奶奶，滿嘴罵罵咧咧，句句都帶髒，這應該是口頭禪，他這樣大無畏的態度對其他人倒是也有效，十來個兵聽完長官的連串問候，臉上緊張的神色少了許多。

「簡直是怪物……」

「如果是人，怎麼能這麼強？」

「可惜讓他們跑了……」

我聽著，這些人的話裡一直都沒有什麼有用的資訊，只是對我和那個男人感到恐懼。居然連軍人都被嚇到了，我再次懺悔自己的衝動舉動，幸好有記得戴面具，不然大概得再一次重生投胎才能演好柔弱無力美青年了。

傷疤男眉頭越皺越緊，一直聽著旁邊的人說話，那個人神色冷靜，說的話不少，而且他說話的時候，傷疤男聽得很認真，只可惜那個人說話太小聲，我一個字都聽不見。

傷疤男聽完，眉間皺如山渠，反倒是旁邊的人激動附和：「何久你說的倒是對，這得封口！要是讓上官家那些老不死的知道有那兩個怪物，他娘的又不知要下啥鬼命令，說不準讓咱們拚死拚活還不准傷到怪物一根寒毛！」

這話一說完，所有人神色都十分難看……等等，上官？我臉色一變，莫非這是小殺他家的人？

火力居然這麼強大，雖然小殺有提到上官家有人有軍方背景，但也提到上官家內鬥嚴重，好像說過什麼「傾向軍方的辰鴻得勢」，對了，這個傷疤男該不會是上官辰鴻吧？

我看了看傷疤男，又覺得應該不是，「傾向軍方」這四個字聽起來，就算真的有軍職，也不會是帶兵在危險末世到處跑的傢伙。

但眼前這傢伙，肯定是身經百戰的軍人，不管是他領著一夥兵進入蘭都，或者是臉上的傷疤都清楚說明這點。

所有兵都看著傷疤男，那男人卻好像想事情想到出了神，完全沒注意，那個何久喊了好幾聲，甚至提高音量到我都聽得見。

「唐良長官！」

名字和本人超違和的傷疤男終於有了反應，開口就「操」了一聲：「叫弟兄們開始閃人，我他媽一直覺得有事兒不對，先走免得被操！」

聞言，何久立刻去做，連一聲質疑都沒有，哪怕周圍風平浪靜。

我皺眉，被發現了嗎？這個唐良是野性直覺太強，還是有此方面的異能？例如我家嬸嬸那種可以察覺生物的精神系異能，若是沒吃那麼多進化結晶，看起來也就是直覺強一些罷了。

但這麼個五大三粗滿嘴髒話的傢伙，異能若是精神系，實在太讓人感到世界真奇妙……

只是這麼回想幾秒，這些兵已經開始撤退了，我正思考要不要給對方找點麻煩，報剛剛的仇，順便讓上官家減個員，免得人數相差太多，若對方真的要找麻煩，人海戰術就讓我們吃不消。

但甚至輪不到我出手，馬路兩旁的下水溝蓋突然通通爆上半天高，黑色的浪潮從中湧出來，定睛觀察才發現，那竟是我首次入蘭都碰見過的角鼠！

那些兵可不知道這是什麼玩意兒，他們瘋狂地開槍想阻止黑色浪潮，但卻成效不彰，或者應該說，他們打死的不少，問題是活著的更多。

這些角鼠從他們身旁衝過去，那些兵瘋狂開槍，眼都紅了，子彈像是不要錢似的發出去。

我卻覺得不對，這個時期的角鼠膽子還小，大量槍聲應該足夠嚇走他們，應該說，這些鼠輩一開始就不該出現，不管是我和雷電男人的爭鬥，或者是後來的大量槍聲，應該不會讓他們敢於出現。

太不對勁了！角鼠群衝過軍人身旁的時候，甚至都沒有順勢扯下血肉，彷彿他們有急事，連飯都顧不得吃……

末世中最急的事卻是——逃命！

醒悟過來的當下，映入眼中的一幕是那些軍人一邊逃命一邊還不忘反擊，時不時拉身邊的伙伴一把，免得他們摔進角鼠潮中，落得全身是洞的下場。

這時，我突然想到在分子研究所地下室裡，那些躺了一地的兵，尤其是黑仔，我本來還想著要挖人家上校的牆角，誰知道轉個身，人就沒了……

「快跑！後面有更大的玩意兒！」

聽到這話，我才發現自己的腦子還沒轉過來，嘴巴就先行動了。

那些人一怔，但不管他們信不信，都沒有辦法行動，他們腳邊全是角鼠，根本沒地方踩，若是強行下腳，恐怕首先就要被角鼠的撞角扯去皮肉，踩個幾步路後還能不能走路都難說。

聖母都當了，我索性當到底，直接衝出去凍出一條冰封大道。

「跑！快跑！」

眾人愣愣地看著我，那個傷疤男唐良倒是反應好多了，他朝著滿地角鼠猛開一陣槍，引回自家兵的注意力，怒吼：「還不快跑，等著挨操啊！」

那些兵回過神來，立刻跳上冰道，有人還差點摔了個大跤，只是立刻站穩腳步，開始瘋狂奔跑。

我頓時有點後悔了，素質這麼好的兵，若是上官家真的對疆域有惡意，我這舉動就是縱虎歸山，而他們現在就站在冰道上，只要動點手腳，就能讓人直接摔進角鼠群中……

但我卻遲遲動不了手，一想到現在再怎麼你打我我打你，最終，還不是剩下一個人類國嗎？

就算我殺死所有敵人，成為冰皇般的存在，但到末世十年，人類擁有三個頂級強者，卻仍舊處境艱難，還有更重要的一點，十年後未知的危機……

如果我多救一點人，是不是有那個可能，在這些人裡面能夠誕生幾個頂級強者？

才遲疑這麼一下，那些兵就跑得挺遠，撤退速度真是不錯，我再不出手，也就不用出手——罷了！

我深呼吸一口氣，若上官家日後真要打，那就來打吧！現在把人送異物吃，還順便壯大異物的實力，我就是做不到！

這時，那個唐良落在所有兵的最後方，卻還不加緊逃亡，而是停下腳步，朝我看過來，臉孔之猙獰，若不是知道不可能，我還以為對方要殺回來了。

「後面！」

此時，心中的警鐘才瘋狂響了起來，我沒回頭就先猛力朝旁邊跳開來，一道巨大的長條黑影擦身而過，甚至碰到我的手。

閃開後，我朝手臂一看，擦痕紅腫，顯然有毒性，再抬起頭來。

這是，九頭……

雖然差點脫口接「龍」這個字，但我顯然沒衰到那種地步，連傳說生物都跑出來，這是一條蚯蚓吧？起碼看起來像是巨大多頭版的蚯蚓。

半條蚯蚓衝出下水道孔，身軀比孔洞大上一點，膚色肉乎乎的，帶著透明的黏液，身軀有一截一截的皺褶，前端分岔成好幾條，比身軀的部分細一點，但到尾端的部分卻沒有頭，直接就是一個圓端，卻還動來動去的，活像一截沒頭的脖子在自行移動。

尼馬，蛇看起來都可愛點！

但末世的噁心沒有極限，這玩意兒咧開嘴，嘴比身軀還大，兩排密密麻麻的牙齒看得人頭皮發麻，這到底是蛇是蚯蚓還是大白鯊，反正都不重要，重點是其中一顆頭突然伸得有七八倍長，皮膚都拉薄到看不見皺褶，他咬住一大口的角鼠，瞬間又縮短回去，嚼吧嚼吧，嘴邊噴濺出一堆血。

這時，另一顆頭猛然伸過來，速度很驚人，像是蛇類的迅捷，我扭身閃過去，卻沒料到對方跟著一扭腦袋，脖子竟彎出一個九十度角，密密麻麻的尖齒近在眼前，我再閃不過去，只能伸手拍偏他的臉，也順著這力道讓自己彈開。

手上卻傳來刺痛的感覺，一看，又紅又腫，還有著噁心的黏液。

我立刻在手上凝出冰，冰鎮止痛的同時甩了甩手，將黏液連同冰屑一起甩掉。

打臉的舉動似乎激怒對方，所有腦袋瓜子都朝我的方向看來，雖然我看不出他到底有沒有眼睛。

所有的頭瞬間撲過來，我沒指望能閃過去，直接凝出大片冰牆，那些頭直接撞破冰牆，先撞上的那幾顆還凹了，垂在地上扭來扭去，狀似痛苦。

趁著頭撞得傻掉的時候，我衝上去，冰匕直接斬下那幾顆凹陷的腦袋，並不難切，這東西的外殼似乎不是那麼硬，雖然韌，但還在我的冰刀可以應付的範圍之內。

到底要閃人，還是取了這東西的結晶？

正猶豫的時候，蚯蚓突然衝上天際，整條擠出下水道孔，甚至將孔洞整個擠裂爆開成一個大洞，底下出來的部位源源不絕，這跟露在上面的部位完全不成比例……

原來那幾顆頭底下連接的不是身軀，仍舊是脖子的部位，就像是一棵大樹，從底下到上面有無數分枝，剛剛露出來的只是末端枝枒，真正的身軀完全埋在下水道中，直到我徹底激怒對方，才真的現身。

九頭蚯蚓還真污辱對方，這起碼得有九十九頭，像蛇般的立起來，活像千年神木佇立在眼前。

難怪角鼠群跑得飛快，連吃都顧不上！

九十九顆腦袋全朝我看過來，咧嘴露出密密麻麻的尖齒……操！

我化出腳下冰刀，拔腿就滑，後方，是無數的巨嘴尖齒瘋狂追上來，巨大的身軀輾壓過街道上的一切……

# 第五章

# 危機四伏的蘭都

蹲在電扶梯底下三角陰影處，我的身上滿是血，臭不可聞，這是剛才衝到某個大廳，滿地都是腐肉鮮血，我卻如獲至寶，立刻在地上滾了好幾圈。

就這樣，那條神木蚯蚓還不甘願地在外面街道徘徊好一陣子，才願意離開。

一路逃亡，雖然期間試圖想要反擊，但真的差得太遠，那可怕的頭速度驚人，數量又如此之多，簡直閃無可閃，若不是巨大身軀稍稍拖慢那些頭的速度，否則我早被下肚了。

但是，拖慢後的速度其實還是很快，那神木蚯蚓的行動方式確實比較像蛇，我已經不確定那到底是什麼東西進化來的，上輩子聽的故事裡也沒有這種玩意兒。

沒想到蘭都竟然已經有這麼恐怖的異物，不愧是末世後期三大恐怖都市之一，雖然重生讓我預先知道很多事情，例如進化結晶，但蘭都裡的異物哪個不是從出生就開始拚命吃人？

我反擊不成，差點連逃亡都不成，若不是拚命跑進建築物，阻撓那東西的腳步，再加上這身腐血肉遮掩味道，我能被分屍成九十九塊！

聽到神木蚯蚓移動的沙沙聲遠離，我整個人放鬆下來，渾身又痛又麻，原本沒受太多傷害的腳，剛才也被咬中兩口，若不是小容不時揮舞枝條嚇嚇對方，腿上絕對不止這兩口，但小容因此被咬斷許多枝條，奄奄一息。

我切下褲腳的布用來包紮腿傷，不乾淨的布包上去反而刺痛，但這也沒有辦法，在大城市一路滴血可不是好選項。

包是包紮好了，但外頭仍舊傳來聲響，低沉的威嚇喉音，我心中已大概明瞭，只能化出手刀，沒有選擇地踏出陰影處。

眼前有十來隻犬人呈包圍狀，狗鼻子果真不是說假的，哪怕披著一身腐血肉都瞞不過他們，剛才不現身，八成也是怕了那神木蚯蚓，他沒走，根本沒異物敢動彈。

這些犬人真不愧是一線大都市的異物，足有一人半高，犬頭人軀狗腳，整體精瘦，唯有大腿特別粗壯結實，被一腳踹中，肋骨不斷都難。

比起這一群，當初在中官市郊區的犬人簡直是吉娃娃。

我走上前，這些犬人似乎知道這次的獵物沒這麼容易，竟緩緩後退，但緊接著，換我想後退了，這十來隻不過是前菜，陰影處踏出更多犬人來，一眼望過去就有五、六十頭，有些似乎還在陰影中。

疆家這運氣！我都氣笑了，就算解決眼前這些犬人，外頭還有多少在虎視眈眈呢？

我還是小覷了蘭都，口口聲聲要拿下蘭都，甚至還妄想著鬱城，孰不知，今日搞不好就要莫名其妙地死在這裡，都不如回頭跟神木蚯蚓拚了，好歹死在一個令人驚懼的異物手下，好過被一群小嘍囉追逐至死！

但我不想死，上輩子活十年都不知為了什麼而活，死去也不算太糟糕，這輩子，說什麼都不想死！

我腳下重重一踩，一條冰道朝對面的十來隻犬人衝過去，隨後從地面刺出冰棘，兩隻來不及閃躲的犬人直接被刺穿胸口，手腳抽搐，雖沒死也沒有戰力，但其他只是小傷。

這招卻仍舊不能威嚇這些犬人，我的狀況太糟，連狗都看得出來，真真是虎落平陽被犬欺！

化出冰匕，別說數十隻犬人，數百隻都不能讓我不戰而降！

接下來的戰鬥，我幾乎只是刺擊，輕易不出手，出手必中，身上的傷痛和異能的損耗讓我只能用最少的力量殺死對手，但卻越殺越順手，甚至有著與冰匕化為一體的感覺，身軀不過是個延伸，如果此時手上的武器能是長槍的話……

這時，右手上臂突然一陣冰涼，我心中一驚，還被犬人咬中肩膀，幸好小容撐著硬給那傢伙一招戳眼，沒讓他咬實。

「冰皇槍！」

手臂寒氣逼人，卻還是沒有長槍的蹤跡，但光是氣息就讓犬人們停下腳步，有些甚至緩緩後退……

說不定，這次真能把長槍喚出……

周圍突來一陣長嚎，隨後，犬人們像是瘋了般撲上來，我再沒有時間等冰皇槍出現或不出現，只能再次用冰匕迎戰。

犬人們傷亡慘重，卻始終不肯退去，不對勁！

但就算心裡的警鐘再怎麼響，我也沒有多餘的心力做別的事情，光是這些源源不絕的犬人就能磨死我，到底有多少隻？

為什麼他們始終不肯退……

「附近那些犬人真是麻煩，雖然人多時不會主動攻擊，但只要有人落單，肯定被圍上，夏震谷為什麼不剿了他們？說什麼他們是我們的天然屏障，有屏障會吃人的嗎？」

「那是藉口，妳男朋友只是不敢去，又不想把真相說出來。」

「不敢去？」

「那群犬人有個頭兒，我們遠遠見過，高大得嚇死人……」

我靠著牆，眼前黑了一陣子，幸好那瞬間，我立刻用冰匕戳大腿，回過神來，眼前出現一個巨大的黑影，形貌和一旁的犬人無異，只是更高大壯實，絕對有三公尺以上，那顆腦袋與其說是狗頭，反而更像是狼。

我們都叫那傢伙「狼人」。

狼人咧嘴，露出長長的犬齒來，若是被咬中，肯定是貫穿的結果。

我拍拍胸口，低語：「小容，對不起，你還能再撐一下嗎？我需要你……」

腦中傳來肯定的答覆，卻是弱弱虛虛的，我很是不捨，差點開口讓他自己先跑，只是知道周圍全是犬人，小容不可能跑得掉，這才沒衝動出口。

狼人像是王者般一步步走過來，我直起身來，握緊冰匕，決心死戰到底，只可惜仍舊喚不出冰皇槍……

但突然，他停住腳步，狼頭猛然轉向看著大門口，嘴裡發出威嚇的低喉音。

我一愣，跟著看過去，這才發現門口有幾道影子，逆著光，看不清是什麼。

螳螂捕蟬，黃雀在後，以往好端端地進來，沒遇上太多危險，這就讓我鬆懈了，這次受了傷才發現，每個角落都有危險等著我。

看來異物們都比我清楚，在蘭都受傷是多麼不妙的事情，誰也不想先過來惹我，都等著我自己受傷，變成一塊好下嘴的肥肉。

對不起，大哥，這次我真的魯莽了，你要好好保護書君……

砰砰砰砰砰——

我睜大眼，大量的槍聲讓人幾乎聽不到聲音，只偶爾聽見犬人的「該」叫聲，強大的火力轟得滿天煙塵瀰漫，一個人影慢慢走過來，那肯定是人！會是剛剛上官家的軍人嗎？這算是好人有好報？

「為什麼你每次都傷得這麼重？」

我一怔，居然是女人的聲音，不不，這是、這是……我幾乎不敢置信，不自覺地放鬆下來，整個人直接跌坐在地上，甚至無力繼續維持冰匕，任由它恢復成手腕上的刺青。

我忍不住笑了出來，反問：「為什麼每次我受傷，妳都會來救我？」

修長又熟悉的身影，斬鳳，走到前方蹲下身來，勾起嘴角，似笑非笑的說：「還能跟我說笑，看來傷得沒上次重。」

我不由自主地瞄了一眼，天氣都這麼冷了，這領口的鈕扣居然還少扣兩顆，看到溝啦！

頭上立刻挨了一記，好熟悉的疼，我有種以後會習慣被打頭的預感。

她揚起眉，「還能亂看，看來確實是輕傷。」

「是沒上次傷得重，但卻更累了，整個力氣都用光。」我苦笑著說完，腦袋的暈眩一陣陣襲來，眼前不時發黑，「其實我快昏倒了，可以昏嗎？啊啊是真的要昏了喔！」

耳邊傳來簡短的「昏吧」，雖是女性的嗓音，但音調略低沉，帶著點磁性，讓人聽起來感覺特別安心。

我正想先主動躺地板，免得發生昏倒後臉著地的慘劇，但這時卻被人一把打橫抱起來。

雖然內心有種「這樣不對吧」的羞恥感，另一方面又感覺到安心，而且還很舒服，尤其左臉頰碰著的東西好大好軟，貌似聞到乳香，這一定不是我太色產生的錯覺吧！

「還昏不昏了？」靳鳳涼涼的說：「不昏又不結婚，還敢把臉埋在我胸口，想死？」

「昏！馬上昏！」

我乖乖聽話，完全放鬆下來，果真眼前一黑，直接昏倒。

醒來後，我茫然兩秒，立刻想起來發生什麼事，連忙左右張望，卻沒瞧見靳鳳，沙發上倒是坐躺著一個很眼熟的黑瘦少年，我想了一想。

「阿賓？」

那黑瘦少年放下雜誌走過來，揚眉說：「嘿，沒想到還能見面，你居然沒死在外頭，可惜了。」

「呃，我做了什麼得罪您嗎？」

阿賓冷笑道：「白吃白喝白睡鳳姐，最後還跑了？」

總的來說是這樣沒錯，但有兩個字絕對不能認下！我立刻澄清：「我沒睡靳鳳，真的沒睡到！」

阿賓怒道：「我說睡她旁邊啊！你要真敢睡了鳳姐還跑掉，塞油桶灌水泥沉大海啊！你還以為能躺床上嗎？」

「我保證絕對不睡她！」我立刻賭誓，這點不難，雖然覺得自己這輩子有點色，但好歹上輩子是個女人，絕對克制得住，不會被女色誘惑……吧？

「保證個屁，誰讓你不睡啊？」阿賓用力拍了拍我的肩膀，疼得我齜牙咧嘴，他語重心長的說：「睡是能睡，等結婚再睡，不但不沉大海，還叫你姐夫，怎麼樣，不錯吧？」

我低頭不敢說話，要是真的就這麼把自己嫁……不對，是就這麼娶了老婆，大哥和小妹還不瘋掉——呃，想想在末世還一直叫我去談戀愛的大哥，再想想瞬間把大哥都賣掉的小妹，說不定他們會很高興我十八歲就把自己嫁……我呸！是十八歲就娶老婆！

阿賓不滿的說：「嘖，你到底在猶豫什麼啊？鳳姐對你那麼好，如果你真沒興趣也就算啦，但我看你根本有興趣得很，鳳姐一來，你那雙眼珠子都黏在她身上！」

我苦哈哈的說：「我才十八歲呢！」

阿賓立刻怒了，「你這是嫌鳳姐老啊？」

我著急的解釋：「不是，我是說我太小。」

阿賓「喔」了一聲，理解的說：「小是不好，但反正鳳姐也沒要求嘛！」

……你眼睛看我下半身幹嘛？我是說年紀小啊混蛋！

「別亂看！」

阿賓嘻嘻笑著說：「放心，我沒看，兩次都是鳳姐親自給你洗澡換睡衣的。」

尼馬！我看兩眼胸算什麼，自己早就被看光光啦！

先是被妹妹檢查有沒有被那個，再來又被靳鳳洗刷刷……深呼吸，我是男人，沒有貞操這檔子事，被女人看裸體還是我佔便宜了呢！冷靜冷靜。

抬槓這麼幾句後，我又拜託阿賓倒了杯水來，他也照做了，這讓人放心許多，看來上次跑掉的事情沒惹出什麼麻煩來。

阿賓遞來水，「哼哼」兩聲說：「睡了一天，你肯定餓了吧？不過餓也給我等著，鳳姐說等等給你送飯來，你乖乖等，別想先偷吃。」

我乖乖地「喔」了聲，結果下一秒，肚子就不爭氣地叫得咕嚕嚕響。

阿賓幸災樂禍的說：「鳳姐才剛跟著靳哥去和底下人開會，你慢慢餓著等吧，誰讓你不是姐夫呢？我可不會讓沒名分的傢伙先偷吃。」

跟靳哥去開會——等等，靳鳳的哥哥不就是雷神靳展嗎！

我大驚，連忙問：「你們怎麼會在這裡？」

說好的雷神在中官市呢？你們跑到蘭都來做什麼？

阿賓無所謂的解釋：「靳哥帶我們來打地盤啊，中官市算啥，要打就打最大的！」

我的嘴角抽了抽，嘀嘀，這是大家不約而同看上蘭都的意思？除了上官家，現在又多出一個雷神。

九成九是那個靳小月出的主意，梔北太恐怖沒人敢去，那麼就剩下蘭都和鬱城，其中，蘭都離中官市近一些，同時又比鬱城更遠離水邊，比較之下，確實是三大都城中最好的選擇。

上輩子，不時會聽到海洋生物上岸襲擊沿海城市，雖然沒聽說過侵襲三大都城的消息，但每個經歷過末世的人都會選擇遠離海洋。

我是不清楚海洋的生物和異物到底有多強大，但至少是非常陌生的，完全不知道會有什麼型態和能力，比起能說出大概樣貌的陸地系，大家更不願意碰見海洋系。

十二頂階強者就有一隻海洋生物，還有個很好聽的外號叫做美人魚，但我也就只知道美人魚這個外號，會注意到這名強者的原因還是特地問了人，十二頂階強者到底有沒有哪個性別是母的，人家就告訴我，有條美人魚，但不知是不是母的，那也只是個稱號。

這時，阿賓身上突然發出響聲，他從腰後拿出一支無線電，走到窗邊去說話。沒講多少，他就回頭問：「小宇，鳳姐問你有沒有辦法去餐廳吃飯？」

去餐廳？我眨了眨眼，立刻答應下來，自己主要是異能耗費過大，全身覺得軟綿綿的，傷勢雖也不輕，但這次沒怎麼動到骨頭，全傷在皮肉上了，痛歸痛，忍忍就好，走動倒是不成問題。

更何況，有機會看看雷神現在的隊伍和基地到底有多威，斷腿也得爬起來看！現在大家的目標可都是蘭都啊！我們可是競爭對手……嗎？

我遲疑了一下，想到先被神木蚯蚓追殺，又被犬人源源不斷地圍剿，最後還有狼人出來收尾，自己太過小看蘭都的結果，若不是有靳鳳來解圍，說不定真的就是莫名其妙地把性命丟掉，這才真的會讓大哥和小妹雙雙發瘋。

還有上官家在旁虎視眈眈，也不知道是個什麼態度，雖然我救了一夥兵，但不能期待對方會因此有善意，畢竟小殺嘴裡的上官家可不是什麼好東西。

或許我們和雷神不是競爭對手，而是，合作對象？

「去洗洗吧，」阿賓拍拍我的肩，說：「我去幫你找衣服，首次見家長，要弄得漂漂亮亮才行！」

說得也是——等等，要見什麼？

阿賓看見我的驚嚇臉色，安慰道：「別怕，雖然靳哥的名頭可怕，本人也挺可怕，不過這不是有鳳姐在嗎？她不會讓靳哥對你動手的啦，至少不會打死，放心吧。」

哇操，別頂著安慰的臉說可怕的話啊！靳哥那是誰啊？是雷神啊！說不定一生氣漏電就把我電死了！

「去洗洗吧。」阿賓幸災樂禍地說：「你就這張臉最拿得出手，趕緊弄帥一點，靳哥自己就愛美女，也能了解鳳姐喜歡小帥哥。」

被十四歲少年說成小帥哥，我真是五味雜陳，想想現在也只能靠臉了，只好從床上爬起來，乖乖進浴室梳洗，身上的睡衣一脫，底下的疆小容還在，薄薄的半透明一層，稍微在腦中輕喚了聲，沒得到回應，看來他是陷入沉睡了。

既然衣服都換過了，斬鳳不可能沒注意到小容，小容這型態雖有些奇怪，但在末日中，應該還不算太顯眼，若是被問起，就說他是某種異物的殼，被我剝下來做成胸甲，這解釋應該過得了關。

好好地洗漱一番，還認真地把頭髮梳得服服貼貼，現在髮長過了肩胛骨，梳直後，長髮過肩，柔順亮滑——尼馬看得我都搞不清楚自己是男是女，只好乖乖綁成馬尾，勉強搆得上英氣。

出浴室後，阿賓遞來衣服，說：「鳳姐說你的衣服又髒又破，還臭！當抹布都不夠格，她隨手就丟了，穿這套吧。」

我的衣服是蝴蝶布做的，就這麼丟掉……好吧，想想那上頭已經沾滿腐血肉，要再穿上去也是滿有心理陰影的，丟就丟吧。

幸好一口氣做了很多套，當初就知道耗損一定很高，打一場丟一套，簡直是拋棄式戰鬥服，還好當初拿回來的布夠多。

穿上衣服後，我才發現這款式和之前那套T恤背心牛仔褲很像，區別只是褲子變厚，上衣是長袖，背心則是溫暖的羽絨背心。

斬鳳真是貼心到讓人覺得自己不肯以身相許就是無良負心漢啊——不行，跟冰皇說好兩年內不談戀愛的！

阿賓在旁邊補刀，「鳳姐知道你喜歡穿這樣，每次搜括物資後，她都先把這樣的衣服挑出來收著呢！」

臉都黑了，為了避免愧疚感太深，不小心就把自己嫁掉，我只能轉移話題。

「餐廳在哪？」

阿賓唸了句「沒良心的傢伙」，隨後說：「這邊走。」

走出房間，我立刻就明白自己在哪了，這肯定是間五星級飯店啊！寬敞的長走廊鋪著紅地毯，牆上掛著我不懂但感覺很厲害的畫作，兩旁的雕花鏡子擦得閃亮亮，就是有幾攤血漬在上頭挺礙眼的。

我跟著阿賓踏進電梯，問道：「這是飯店？」

阿賓「嗯」了一聲，說：「斬哥以前來這裡都住這間飯店。」

末日前住這，末日後還是要住這，有人有火力有物資就是任性！

「這裡該不會是市中心吧？」我臉都黑了，如果是的話，還是趕緊地把斬鳳打包帶著逃走吧。

「不是。」阿賓解釋：「我們這種生意又不能見光，住市中心離郊區那麼遠，要怎麼交易？」

聞言，我放心了，雷神果真不是傻的。

阿賓似乎有點看不起我的膽小，哼哼道：「在哪都不用怕，鳳姐會保護你。」

我點了點頭，那是真的，都讓人家救兩次了，幸運女神不是說假的。

阿賓盯著我看，我回望他，還眨眨眼。

他問道：「你沒不高興吧？」

我不解地反問：「不高興什麼？」

「不高興要靠鳳姐救你啊！」

有人來救我，我幹嘛不高興？我搖頭說：「高興啊，如果不是鳳來救我，我都死兩次了，這能不高興嗎？」

阿賓滿意地點點頭，還說：「鳳姐的眼光就是好，看中的小男人就是乖巧，認得清自己的本分。」

尼馬，我好歹比你大！

下到二樓，電梯一開就聽見吵雜聲，外頭的人還真是不少，多半都是男人，一個個看起來都很剽悍，氣勢十足。

雖然我家傭兵的氣勢完全不會輸這些人，可數量就輸多了，而後來加入的軍人大概是經過一路如喪家犬般的逃亡歷程，安頓下來的時間不夠長，底氣總有些不足，氣勢還差上一截，但他們原本就是戰鬥職業，有基礎在，很快就能跟上來了，而且絕對比眼前這些人更有紀律！

輸人不輸陣，回去不當宅男了，冒著天寒地凍都要把我家的傭兵加士兵通通往死裡練！

「別怕！」阿賓跩跩地說：「都是我們靳家的人，不是聽靳哥的，就是聽鳳姐的，但就算是靳哥底下數一數二的傢伙，也不敢不給鳳姐面子。」

阿賓一提到靳哥鳳姐的名號，現場詭異地瞬間安靜下來，所有人都朝我們看過來，一個個看見我的臉時，口水都差點要流下來，好久沒看見這麼赤裸裸的色胚目光，真不愧是黑道來著，完全不掩飾。

「幹什麼？」阿賓沉下臉，不高興地大喊：「這可是鳳姐的男人，誰敢多看，我把你眼珠子刨出來啊！」

你一喊，看的人更多了，本來還只是一些流口水的，現在連那些看起來就很不簡單的傢伙都扭頭打量我。

「這就是鳳姐看中的？」

一個男人走上前來，他的臉上帶著一個大刀疤，從左額橫跨到右下巴，可不是那種細細的活像紅筆畫的痕跡，而是有著凹凸起伏的暗紅大傷疤。

在末日前，這臉都可以找不到工作了吧，一看就知道是刀子砍的，哪個小老百姓敢請這樣一尊大神。

「這是鳳姐手下的大將！」阿賓幫我介紹道：「他叫林齊，叫他刀疤就好。」

「刀疤哥您好，我是小宇。」我不知該說些什麼，只好簡單打招呼，雖然不知道對方年紀到底多大，總之男的叫哥、女的叫姐就對了！

刀疤哈了一聲，笑道：「這小子挺上道。」

阿賓點點頭，「小宇的性子不錯。」

我有點無言，阿賓你這個國中生年紀的傢伙講這種話，你不覺得很違和嗎？

刀疤上下打量，卻是有些不信地問：「聽說你一個人上路去找家人？異能什麼樣的？」

我正不知該怎麼回答，阿賓卻先幫忙解圍，他對刀疤使了個眼神，低聲說：「別問這麼多，鳳姐不想讓人知道他的底細，免得無緣無故就沒了命。」

刀疤理解地點點頭，「讓鳳姐多看著點，他這模樣，一個沒看好，說不定就不知被抓去哪關著玩了。」

阿賓拍著胸膛表示：「鳳姐讓我一步也別離開他。」

「那你這是帶他去哪？」刀疤皺眉問：「沒事別帶著人亂跑，之前收了不少新人，還亂著呢。」

阿賓搖頭說：「鳳姐也是這麼說，可是靳哥他們想看看人，讓我帶過去。」

刀疤感到大奇，「靳哥居然特地想見他？」

阿賓老實交代：「好像是夫人和小姐想看看他。」

哇操，還真的是見家長啊？靳展也就罷了，這是一個要見岳母的節奏啊！

冷汗滴了好幾滴，但我也沒打算退回樓上去，有機會看看那個靳小月也好，至於岳母……咳咳！我是說，靳家的母親，那就既來之則安之，從小到大，我的人緣可是一等一的棒，不信搞不定一個岳……長輩！

刀疤怒道：「那還不快去？在這磨蹭個啥？你這是打算讓夫人和小姐等？看靳哥不扒掉你的皮！」

「急啥，剛才鳳姐說了半小時後見，這不還有五分鐘嗎？」

話雖這麼說，但阿賓還是急急忙忙帶著我過去餐廳，這裡的人更多了，卻反而比較安靜，雖不到寂靜無聲，但比起剛才的廳堂，這連說話聲都小上不少，似乎沒人敢大聲說話。

一張張小方桌，加上最前方幾張大圓桌幾乎全坐滿，所有人都穿得黑漆漆的，看起來活像告別式現場似的，比較起來，我們疆域的制服絕對好上不止一百倍啊！

心中正升起一股「贏了」的爽快感時，身邊傳來阿賓吞了吞口水的聲音，我扭頭看他，阿賓低聲說了句「就在最前邊」後，領著我走過去。

最前方的中央有張圓桌，桌子不小，但是並沒有坐滿，只有四個人坐在那裡，其中一個綁高馬尾的女人特別顯眼，那是靳鳳。

我們還沒接近圓桌，靳鳳已經站起身來，餐廳瞬間安靜，她一路走到我的面前，現場已經是掉根針都聽得見的狀態，她卻若無所覺，一把抓住我的手，理所當然的說：「來見見我家的人。」

我生硬地點點頭，竟有種醜媳婦總要見公婆的錯覺。

被牽到圓桌邊，我第一個看向傳說中的雷神靳展，然後徹底傻眼了。

這、這不是和我打了一場的男人嗎！

對了，這男人的能力就是雷電，只是我以為雷神人在中官市，沒把兩者連在一起，現在想一想，末世半年就能有這麼強大的異能，除了疆家有我這個帶著前世記憶的作弊神器，靳家不是也有一個靳小月嗎？

早在見到靳鳳的時候，就該猜出這個男人的真實身分！

呵呵，第一次見面就打斷大舅哥的腿，簡直不能更坑啊！

不管如何，雷神大哥您千萬別在這時候認出我來！

# 第六章

## 哪裡都好

面對被自己打斷腿的大舅哥，我緊張得手腳都不知擺哪好，幸好，斬展只是看了我一眼，似乎沒什麼興趣，繼續吃東西，反倒是旁邊兩個女人對我興致勃勃，緊盯著不放。

「這就是小宇吧？」其中，年紀較大的女人一臉溫和的說：「快坐下呀，別拘謹，都是一家人，不用害羞。」

這就成一家人了！呵呵，雷神冰皇一家人是吧？全人類都要歡呼了啦！

斬鳳拉著我坐下，還立刻讓人端來一碗飯，我端著飯碗，感覺手都抖了，雷神剛被我打斷腿，加上被全餐廳的黑衣人瞪著看，我的寒毛通通都豎起來，總覺得下一秒就要被亂刀砍死！

斬鳳比著圓桌邊的女人，介紹道：「這是我小媽，你也叫小媽就好。」

小媽？我覺得這稱呼有點怪，朝那名小媽看去，那是一個看起來完全不像媽的女人，穿著淡綠襯衫加白長裙，身材纖細，長相清雅秀麗，活脫脫一個大家閨秀，我竟看不出她的年齡到底是幾歲，但絕對不可能是斬鳳她媽，加上小媽這個稱呼，這果斷是後母！

斬鳳一勾嘴角，「小媽很年輕，但你還是要叫小媽。」

「小媽好，我是小宇。」我不得不輕聲細語，以免聲音被斬展認出來，卻又不敢裝得太誇張，以免斬鳳起疑我沒事變聲做什麼，這其中拿捏的難度真不低！

小媽立刻就笑了，還塞來一個東西，我低頭一看，那竟是一個紅包，這啥意思啊？這年頭，鈔票擦屁股都嫌硬……等等，這裡面的東西好像不是平的，我不敢打開看，只能在收進口袋的時候偷捏，這個大小和不規則形狀——進化結晶？

「這是改口費。」斬鳳解釋。

啥？我茫然。

斬鳳繼續介紹：「那是我哥，他叫斬展。」

斬展看了過來，這次，我無師自通，立刻高喊：「斬哥好！」

斬展淡淡地點頭，使了個眼神給站在他身後的人，那人立刻送來一個紅包，這……雖然不懂為什麼，但站在人家的地盤上，有什麼都乖乖收下就好。

「最後是我妹妹斬小月。」

這個斬小月長得和小媽很像，幾乎是同一個模子印出來的，我想這應該是親生母女，雖然看著有點像姐妹，尤其斬小月臭著一張臉，看起來就沒有小媽帶笑的臉好看。

「鳳兒的眼光真不錯。」小媽笑著說：「小宇看起來就是個好孩子呢。」

「好孩子有什麼用——」

靳小月的話沒說完，就被靳展凌厲的眼神打斷，那小媽的笑容黯淡了幾分，似乎有些不敢看女兒，卻是開口來招呼我。

「吃、吃飯吧，聽說小宇睡了一天，肯定餓了吧？」

餐桌上的氣氛突然變得很詭異，靳展的臉沉了，靳小月一臉又怕又倔，靳鳳皺眉卻沒說話。

我是真餓了，但這狀況讓人怎麼吃得下去，只好主動開口緩和氣氛。

「嗯，真的好餓，要開動了嗎？小媽可以告訴我哪些菜好吃嗎？」

簡單幾句話就讓這個小媽立刻心花怒放，還夾來好幾塊不知什麼肉，連連說：

「多吃點肉就對了，看你那麼瘦，趕快吃。」

我立刻低頭扒飯吃得歡快，小媽更是笑得開心極了，雖然這後母年紀輕，不過終究是當媽的，看著孩子大口吃飯就高興。

靳展的臉沒那麼難看了，靳鳳的嘴角上揚，只有靳小月還是陰著臉，也不知道在不高興什麼，該不會還想著要把靳鳳塞給我大哥吧？

拜託，靳鳳她根本不是我大哥的——我偷瞄桌子底下的健美大長腿，靠！靳鳳搞不好真是我大哥的菜，突然覺得有點不爽……

「怎麼皺眉？」靳鳳看了過來，「不喜歡菜色？我讓他們換。」

我連忙搖頭，「不是，飯菜很好，我就是、就是想到我大哥他們不知會不會擔心我。」

斬鳳淡淡地說：「飯都沒吃完就又想跑了？信不信我打斷你的腿，讓你哪都去不了？省得我每次都要去救你，也不知下次救不救得到。」

「……不信，妳那麼疼我，肯定捨不得打！」

就算信也要說不信！只求不打斷腿！

斬鳳勾了勾嘴角，小媽微笑著聽，斬小月則是白了好大一個眼，至於斬展，根本懶得理會我。

這讓人鬆了好大口氣，只要斬展不認出我來，他是個什麼態度都無所謂！

斬鳳繼續細問：「你家是落腳在這附近？」

我遲疑地點了點頭，糾結了好一番，低聲說：「我哥好像認識妳哥，我聽他說過斬展這個名字。」

斬展看了過來，這一次，似乎終於正眼看我了，我心一驚，連忙裝作害怕得低下頭，心中默唸「雷神大人您千萬別認出我來」。

頭頂上傳來斬展有些不悅的聲音。「這膽子也太小了，鳳妳得多顧著點，不然無聲無息就沒了，到時妳又不好受。」

靳鳳點頭道：「我讓阿賓跟著他。」

「別再讓他跑出去，上次沒死算他命大。」

我嚇了一跳，連忙抬起頭來，就怕靳鳳真不讓我走了，但卻正好對上靳展的眼。

「你哥是誰？」他問道，雖然表情看起來似乎不認為真的是相識的人。

我裝出怯生生的模樣，說：「我哥叫疆書天。」

靳展一怔，搶先開口的人卻是靳小月，她欣喜若狂地喊：「你哥是疆書天？真的是冰皇疆書天？」

「我哥是叫疆書天沒錯，不過冰皇是什麼？」

沒想到對方這麼直白喊出冰皇來，我只好努力裝作茫然不解，只希望靳展的眼神不要太銳利，我還沒練成影帝呢。

靳小月立刻追說：「你哥是不是一個傭兵團長？」

「嗯。」我皺眉，再次確認靳小月絕對知道末世往後的發展，而且知道的事情還比我詳細多了。

「他的異能——」

這時，靳展淡淡地掃過靳小月一眼，後者立刻閉上嘴不敢再說話，一旁，小媽靜靜地吃飯，但夾菜的手卻有些顫抖。

靳小月不敢說話後，換成靳展逼問：「疆書天的傭兵團叫什麼？你認識裡面的誰？」

「疆域，入團久一點的人都認識，像是凱恩和曾雲茜。」

我提出兩個靳展比較可能知道的成員，凱恩是綜合型高手，雖然個性看著挺天兵，但其實非常強，跟著我大哥的時間也長，名氣不小。

雲茜則是有最強狙擊手的稱號，這兩人可是有很多人捧著大把鈔票求跳槽的人才，但他們卻也是最不可能跳槽的人，現代或許已經很少用「忠心」這二字，但他們對我大哥，那只有三個字──真忠心！

這時，靳展仔仔細細地看著我，我也任他看，雖然大哥和我不怎麼像，就只有一個鼻梁相似，但是沒那麼熟悉的人哪看得出這點。

「你和疆書天不太像，長相或是性格都差得遠了。」

我老實交代：「我和妹妹長得比較像母親，大哥像父親。」

靳鳳突然說：「你上次跟我說的名字『疆書字』，原來是這個疆字，我以為是江湖的江。」

我感激地看了靳鳳一眼，說這話是為了證明我沒有說謊吧！

「疆書天的弟弟……」

斬展沉吟，不知道在想什麼，希望不是壞事，我把事情說出來是想豪賭一把，看看有沒有機會合作，如果他有惡意，那我立刻找機會逃走，這點絕對不難，就不相信他能猜出我擁有打斷他腿的實力，我這張臉的欺騙性實在太高了！

斬小月希冀地看著斬展，偶爾又雙眼放光地看著我，哼哼！現在知道我稀罕了吧。

斬展皺眉說：「蘭都是塊硬骨頭，沒那麼好吃下，如果疆書天在這裡，倒是可以考慮合作，他似乎早就知道末日這件事，當初就有所準備，如今的實力應該不弱。」

斬鳳點了頭，「小月說過了，之後不是有個叫做十三的異物王會過來？」

呵呵，不好意思，十三被我這隻蝴蝶搧得不知去哪當小女孩的保父了，之後會不會來還是個未知數。

只是就算沒有十三，還是有一堆可怕的東西，例如那隻神木蚯蚓，若有雷神在，說不定可以輕鬆解決，雷電異能號稱最強攻擊力，可不是那麼好防守的。

「異物是個問題。」斬展皺眉說：「人又是另一個問題，有支軍隊在這裡，而且二話不說就開槍，目的看起來不像來救援，應該也是要搶地盤。」

碰見人也開槍？我皺眉，難道真救錯了，上官家的軍人已經墮落到不分青紅皂白殺人的地步？或者只是因為雷神看起來也不太像人……

靳鳳淡淡的說：「軍隊不好惹，有指揮又有武裝，人數可能也多，正面碰上不划算。」

我忍不住開口說：「現在主要防守就好了，他們的人數如果有數千甚至以萬計數，遲早會引來大批異物圍剿，不快點分散開來，到時會死得很難看！」

雖然許多軍隊成了毒瘤，最後還是分崩離析，主要就是這個原因，末世初期，他們還能橫行霸道，異物也不會主動去惹他們，等到倖存者藏得藏躲得躲，異物一餓，哪管得上你們有多少人，大批大批的圍上來，死也要先吃飽再死啊！

更何況，這裡還是蘭都，最可怕的異物都城之一，連蝴蝶、狼人和神木蚯蚓這種玩意兒都進化出來了，這裡的異物敢圍剿軍隊的速度恐怕會比我認知的更快。

兩人一起看過來，我立刻畏縮低頭柔弱。

「你懂得倒是多。」話雖這麼說，靳展看起來卻並不怎麼相信我。

我沉默了一下，輕聲解釋：「之前待過軍隊建立的收容區，下場很慘，逃出來的人不多。」

靳展瞥了一眼過來，「你還能活著，看來也不是真的那麼膽小，疆書天的弟弟不該是孬種。」

你才孬種你全家都孬——你和靳小月都孬種！鳳和小媽就算了，她們是好人，不是孬種。

「看這眼神還不服氣呢。」靳展笑著對靳鳳說：「妳就喜歡古怪的傢伙，刀疤當年自己劈臉，差點把頭劈兩半，硬是被妳救回來，現在妳找的小男人也這麼怪，看著膽子小，卻敢到處跑。」

靳鳳也沒否認「怪」這點，只是幫忙辯解：「小宇膽子不小，他只是怕生。」

靳展嗤笑了聲，隨後對我說：「之後帶你哥來見我，就跟他說我想合作一起吃下蘭都。」

我怒火一起，正想反駁「怎麼不是你去見我大哥」時，卻轉念一想，幹嘛自己暴露根據地呢？

點點頭，我乖巧地說：「我養養傷，後天就啟程回去跟大哥說。」

其實明天回去也行，本就還可以行動，再把剛才收到的紅包吃了，吃飽睡足，等異能恢復一些，我躲著點行動總能回到家。

但是，大哥現在人就在蘭都，我太早回去也找不到人，既然來都來了，不如多留一天探探雷神的底，到時大哥才好跟雷神談條件。

就這麼兩、三天時間，基地應該不至於會出大事吧？我有點遲疑，但還是決定多留一天看看。

「後天？」靳展淡淡的說：「果真是自己一個人跑進蘭都，看來也不用太看著了，實力不知多少，但活命的本事應該不小。」

……這年頭要當個柔弱美青年還真難。

「那你的異能是什麼？」靳小月興奮的問：「冰皇那麼強，一定能讓你吃很多結晶，你應該有練異能了吧？」

收到這個問題，我心頭一驚，原本把冰能力的事情露出來也沒有關係，只要看起來弱弱的沒多強就好，奈何和雷神打了一架，連冰匕首都暴露了，這時說自己是冰能力，那不是找死嗎？

「冰皇到底是什麼？」我不解地看著靳小月，反問回去，好爭取時間想個異能出來。

靳小月有些心虛的說：「喔，你哥不是冰能力嗎？又那麼強，叫冰皇不是正好？」

問題是，我又沒說過我家大哥是冰能力，妳到底哪來的消息？這貨蠢成這樣，怎麼考上大學的？智商能有八十七分嗎？

我沉默地看著她，裝出懷疑的模樣。

靳小月似乎終於驚覺自己的錯誤，吞吞吐吐說不出個理由來，一張臉都脹紅了，最後轉移話題，拗道：「你還不說異能是什麼，是不是故意想隱瞞？」

拖了這段時間，我倒是想出一個「異能」，正想開口說話時，靳鳳卻先說了。

「不想說就不用說，我的男人不需要交代什麼！」

尼馬，突然覺得心花怒放該怎麼辦？

「姐！」靳小月著急的說：「妳也太相信這小白臉了！如果他不懷好意呢？妳不覺得他明明這麼弱，卻還能到處跑，這點真的很奇怪嗎？」

「小宇不弱。」靳鳳看著她，不解的說：「我跟妳說過他不弱，為什麼妳一直覺得他弱？」

別說她，阿賓也覺得我只有一張臉，是個小白臉來著，雖然我演技不好，但幸好有這張臉加上練不壯的小身板……說得自己都想哭了，我要求真的不高，二頭肌能不能比雲茜的大就好？

靳展嗤笑道：「他看起來哪裡都弱。」

靳鳳一揚眉，竟和雷神嗆聲：「來打一場，沒準你還輸他。」

不不不，我們打成平手而已，唉呀，突然覺得有點小激動，自己和雷神打成平手啊！

靳展一揚眉，「如果妳捨得，就來打一場看看。」

靳鳳看過來，我連忙低頭裝柔弱小媳婦——是柔弱美青年！她收回目光，大大方方的說：「捨不得，誰都不准動小宇，包括你。」

靳展冷哼一聲，卻出乎意料沒再說什麼，如果是我家小妹護著別的男人，還為了他嗆我——尼馬，光是想像就覺得心都碎了，那男人必須殺掉碎屍沒得商量！

「姐！」靳小月委屈的說：「妳對他比對我們還好，難道他比我們重要嗎？」

小媽變了臉色，斥責道：「小月妳在胡說什麼！鳳兒一直都這麼疼妳，妳居然為了一點小事吃姐夫的醋，還說出這種不講理的話，我以前是怎麼教妳的！」

我們真的還沒結婚。我弱弱地在心中澄清。

靳小月看起來不怎麼怕小媽，但只被靳展冷瞧了幾眼就不敢再說話，她看起來真是怕極這個哥哥，低垂著頭眼淚都含在眼眶裡了。

這女孩漂亮又年輕，長相也隨了小媽的清雅脫俗，收起那副張牙舞爪樣，擺上委屈的神態，還真是一朵惹人憐愛的白蓮花。

不過，比什麼都可能輸，唯獨比臉，絕對輸不了！

我立刻扯住靳鳳的袖子，著急的說：「鳳，沒關係的，我說就是了，妳不用為難。」

靳鳳看著我，眼神卻不是心疼，反而十分直白，好似在欣賞美景，看得我頭皮發麻，搞不懂哪邊不對。

她彈彈我的額頭，說：「就是這麼愛裝可憐，才會被認為很弱。」

……比臉輸不了，但是比演技可能就輸到脫褲子。

「反正，說不說都隨你。」她隨意道。

我皺眉假裝在苦惱，最後心不甘情不願的伸出手來，眾人都看向我的手掌心，上頭什麼也沒有，在靳小月開始露出不耐的神色時，袖口慢慢探出一根細細枝條，再來是有些圓胖的樹體，最後探出兩片小圓葉子。

小小的半透明樹苗，在眾人的目光注視之下，整隻出現在我的手心，大圓樹洞眼變成扁狀，還緊抱著我的拇指不放，看起來又怕生又委屈。

叫你變小點，結果直接成了拇指姑娘，這看起來攻擊力和防禦力皆無的模樣，要怎麼說服大眾，我就是靠你在城市趴趴走？

我硬著頭皮解釋：「我以前受傷的時候，倒在一棵小樹苗上，血淋了他一身，然後他就『活了』，還很聽我的話，你們別看他這副模樣，小容很有用的！喔，對了，我把他取名叫做疆小容，因為他是一棵榕樹。」

疆小容真的很有用，雖然腦子差了點，但不能強求一棵樹有高智商。

「這小東西真是可愛。」小媽輕笑道：「能摸摸嗎？」

「當然可以。」我暗中吩咐，從剛剛就發現，只要這小媽高興，靳展似乎也會高興些，沒想到堂堂黑道大少居然是個尊敬後母的孩子。

小容你乖點，我們哥倆現在是人在屋簷下不得不低頭，就靠你討好小媽了。

小樹苗本來還有點怕生，一看小媽的手伸過來，整隻就躲到我的大拇指後，但經過安撫後，立刻跳出來蹭小媽的食指，那副狗腿樣真讓人不忍直視。

小媽非常開心，若不是我說小容沒辦法離開我身邊，說不定小容都要換一個主人了，靳展當時的臉色活脫脫就是土匪，搶了還不准你抗議！

幸好小媽似乎也察覺到這點，玩一陣子就把小容還回來，嘴上說累了想回房休息。

我鬆了口氣，免去上演小容爭奪記的危機。

靳鳳看我吃飽了，跟靳展打了個招呼，領了人就走，這時，滿餐廳的人還在慢悠悠地吃，桌上的碗盤早就空了，他們還是繼續吃，一顆瓜子可以嗑五分鐘！

快走出餐廳時，幾個比較年輕的男人湊上來，笑嘻嘻地問：「鳳姐，不介紹下？」

靳鳳無可無不可的點了頭，大拇指朝我一比，說：「這是我男人，認著點，日後別欺負到他頭上，誰敢動他，就是動我。」

眾人朝我看來，本來是既羨慕又嫉妒，但一看清臉，又變成完全不意外的表情。

我還在這些人裡看見兩張熟悉的臉孔，記得沒錯的話，好像是上次來找麻煩的兩人，壯漢和眼鏡男，分別叫什麼來著？

正皺眉苦思，那眼鏡男走過來，扯出一抹陰沉沉的笑，說：「鳳姐，既然小宇回來了，那妳之前剛撿回來的那個不要了？」

胡宗。我想起來了，壯漢則是老軍，後者沒啥腦子，前者對靳鳳有意圖，所以來找我麻煩，只是靳鳳太威，他們沒敢多鬧事……好吧，我承認自己還是有點在意「剛撿回來的那個」是誰。

靳鳳看著胡宗，後者原本還帶著笑，但被這麼一看，笑容收起來，隨後僵直身子低垂頭，大聲說：「失禮了，鳳姐。」

但靳鳳並沒有因此放過他，手一揮，一把火焰長刀憑空出現，反手便是一刀斬出，這距離根本砍不到胡宗，但對方發出慘叫，胳膊發出難聞的人肉燒焦味。

周圍的人紛紛臉色變白，一口瓜子在聞著人肉味的情況下都不知該吐該吞。

我站在後方都能感受到那把火刀充斥的能量之高，比凱恩威了不知多少，真心好帥啊！火王當真不是眼前這一位？末世有這種猛女，真是給女人長面子啊！

這時，斬鳳猛然回頭看我，她張了嘴，卻又閉上了。

我眨眨眼，不解的問：「妳要說什麼嗎？」

她勾起嘴角。「本想問你怕不怕，結果你的眼睛比我的刀還亮，不用問了。」

呃，又忘了裝害怕，我是不是該放棄柔弱美青年的形象了……

斬展走過去，還涼涼的說：「妳手底下的人越來越沒規矩，是該管管了。」

聞言，斬鳳的臉更沉了，紅唇抿得緊緊的，周圍的人連瓜子都不敢嗑，一個個站起來低著頭，看起來十分有規矩，簡直大家閨秀黑道版，基於斬展已經走出餐廳，他們怕的人還真是斬鳳。

胡宗的手黑紅一片，看著就痛，這都熟到焦掉了，但他硬是咬著牙不敢喊出聲。

「三天後才准去領結晶療傷。」斬鳳冷道：「再有下次，就不用領結晶了。」

她領著我走出餐廳時，背後寂靜無聲。

靳鳳皺眉道：「是不是該直接燒死他，這威立得才夠重？」

呃，黑道果真是黑道，挑撥離間一句就要燒死人啊！我委婉的勸道：「不要在餐廳燒人肉吧，以後還要在那邊吃飯呢。」

靳鳳笑了出來，不是微勾嘴角，是真真確確的笑了。

「我果然喜歡你。」

聞言，我沒莫名竊喜，反而覺得彆扭，咕噥：「妳就是喜歡漂亮的男人吧？大家看見我的臉就不覺得奇怪了。」

靳鳳偏頭瞄了我的臉一眼，居然沒否認。

有點惱火，難道只要有臉就行嗎？哪天要是有比我更好看的呢？胡宗剛剛說的，上次被帶回來的那個人，肯定也長得不錯吧……

跟在靳鳳背後，我連欣賞翹屁屁和大長腿的心都沒了，滿滿都是鬱悶，自己又不是只有一張臉，實力也是很好的啊！身材也、也總有一天會練起來的！

她轉過身來，一看見我的臉色，有些納悶的問：「你不高興？」

「沒有。」違心地說完話，靳鳳一揚眉就是不信，我忍不住問：「妳就喜歡我的臉嗎？」

靳鳳竟直接點頭，「喜歡。」

真心體會古代妃子以美色事人是個什麼樣的心情，這感覺本來就又酸又爽，但現在卻是酸澀遠遠大過於爽快。

「只用外貌來取人是不對的吧！」

話一出口，我差點被自己的語氣酸倒，突然感覺不太對，自己本來就是在這當小白臉，靠臉混吃混喝的，現在是在酸什麼啊……

斬鳳反問：「你不也喜歡我的胸？」

「……」好個反問，我竟無言以對，其實不只胸，對著斬鳳的纖腰馬甲線和結實小屁股，我也是不時得吞吞口水，但這兩點貌似沒有比胸部好到哪裡去？

有了！我理直氣壯的說：「比起胸，我更喜歡妳的強悍！」

話說完，斬鳳突然整個人轉過來，定定地看著我，那神態之狠戾，若不是知道自己啥都沒做，我還以為她的火刀要砍過來了呢！

「怎、怎麼了？」我頓時真柔弱美青年了，都不用刻意裝。

雖然知道斬鳳不會真的砍過來，但她只是劍眉輕皺，唇線抿緊，女王範兒就一整個大爆發，讓我覺得好緊張啊！

斬鳳似乎也發現嚇到我了，收斂神態後，正色問：「剛才說的話，是真的？」

「啊？」我頓時有點反應不過來，哪句話是真的還假的？

靳鳳走近一步，逼問：「你說最喜歡我的強悍，是真的？」

我一怔，見到她的表情再認真不過，我也不敢敷衍，連忙點頭說：「真的，我最喜歡妳的強悍了，大胸的女生多得是，我一個都沒看上，就喜歡妳！」

話出口後，我自己卻突然醒悟過來，說到胸大身材好，其實百合也沒比靳鳳差……或許還是差一點，百合是葫蘆身，臀部豐滿有肉，靳鳳卻是結實挺翹——呃啊啊，我到底在比較些什麼啊，還能不能更像個色鬼！

總之，我可沒有盯著百合的胸和臀不放，卻總是對著靳鳳的身材流口水。

尼馬，莫非我真是情竇初開？原來自己喜歡的類型不但要大奶，還得是御姐，最好有著可以把人變成烤乳豬的實力，這口味會不會太重了一點？

以前有點好感的對象，苗湘苓，也沒有這麼重口味啊——話說回來，學生群裡也遇不到靳鳳這樣的對象。

在我的高中同學裡，苗湘苓確實是主動進擊型的女生，甚至還因為太過主動活躍而惹來不少討厭她的人，只是再怎麼「進擊」，一和靳鳳做比較，那通通弱爆了！

苗湘苓頂多是進擊型，主動去追男朋友；靳鳳卻是攻擊型，直接把人抓回家當老公，這能比嗎？

這一定是恢復上輩子記憶的後遺症，疆書宇喜歡大奶美女，關薇君愛長腿猛男，這合起來的口味就變成大奶長腿猛女！

「我也喜歡你，不只臉，是哪裡都喜歡。」

我不滿的說：「這回答跟沒說似的，我都說了最喜歡妳的強悍，妳最喜歡我哪裡卻不說！」

但直到走回房間，靳鳳都沒有開口說話，我有點惱怒，卻不知自己氣什麼，反正本來就是靠臉才被救的！

用力撲上床，決定睡覺爭取快點復原，我一定是異能耗盡太累了，心情才會這麼悶，蓋好棉被，還把臉埋進枕頭裡，反正我就是個混吃混喝的小白臉，吃飽就睡不行嗎？

「最喜歡你看我的眼神。」

我一怔，從枕頭抬起臉來，靳鳳坐在床邊，正捏著我的一撮髮尾，她的手指很修長，卻不是女孩的纖細白嫩，骨節甚至有點粗大，指甲也修得很短，一看就是做事的手。

靳鳳注意到我在看她的手，淡淡的解釋：「吃了結晶，一些傷疤都不見，手比較能看了，但還是不好看，沒你的手漂亮。」

聞言，我爬坐起來，用雙手把她的手握在中間，就算斬鳳是個猛女，但我畢竟是男人，手掌還是比她大得多，能夠覆蓋得住。

斬鳳好笑的說：「幹嘛呢？」

我也不知道自己在幹嘛……心真有點亂，若是斬鳳不要這麼認真，說不定我能抱著試試的心態應下交往看看，一如當初對苗湘苓說可以試試，但斬鳳不能試試。

握著斬鳳的手，很熱，完全沒有女孩子特有的手腳冰涼，大概跟她是火異能有關。

外表看起來冷冷的、難以靠近，內裡卻像一團火似的，熱得人在冬天都要化了。

真的，哪裡都喜歡。

「妳能等我兩年嗎？我答應過人，兩年內不談戀愛的。」

斬鳳立刻沉下臉，不悅的問：「是前女友？」

「……」想到冰皇等於前女友，這簡直不能更雷人！我立刻大聲否決：「才不是！我根本沒有交過女朋友。」

上輩子交過男朋友不算！

靳鳳有些不信地看著我的臉，「你這條件沒有交過？是你哥不准？」

「沒那回事。」我搖頭說：「他也沒那個立場說話，早早就亂七八糟的傢伙，若不是家裡有我和妹妹在，他能亂成什麼樣子，我都不敢想像！」

靳鳳笑了聲，「跟我哥挺像，若不是他喜歡小媽，還有點節制，不然也是亂得很。」

我難以置信地看著她，驚呼：「妳哥跟小媽？這不行吧？」

靳鳳無所謂的說：「也沒什麼不可以，反正爸早死了，但小媽多半會嚇個半死，所以我哥也沒跟她提過。」

「那妳哥就這樣默默守著？」我的八卦之心熊熊燃燒中，想不到雷神竟然是個癡情種？

靳鳳看了我一眼，說：「你覺得他能守著？」

我一怔。「不是說喜歡小媽嗎？」

「喜歡是喜歡，也不礙著他找別的女人洩火，只是不帶回家罷了。」

尼馬，我決定討厭雷神，害我想起夏震谷那個王八蛋，早期出軌也是這麼狡辯，他還是愛我的，只是那些可憐的女人都這麼喜歡他，他也不忍心拒絕，只好全收了，但他最愛的女人還是我。

放到現在，回想起那些話都覺得胸口一把火，當初關薇君沒活活氣死，多虧末世的身體素質高啊！

回過神來，斬鳳正專心看著我，不知在想什麼。

我火氣上揚，怒說：「妳不會也是這樣吧？喜歡我也不礙著妳找別人洩火？」

斬鳳一怔，卻是嘴角上揚，否認：「不，我沒找過人。」

「……」這是處女宣言，還是我誤會了啥？

「沒交過女朋友，那找過女人嗎？」

我傻傻地搖頭，怎麼可能啊，一個普通高中生哪會去找什麼女人……

「處的啊？」斬鳳看起來心情很好，表情很滿意。

「……」我不想回應！

「放心。」斬鳳摸摸我的頭，承諾道：「你不找女人，我就不找男人。」

「那我要是找了呢？」

我當然沒打算當個出軌的男人，絕對不當第二個夏震谷，純粹就是好奇斬鳳這樣的女人會怎麼處理另一半出軌的問題。

斬鳳不摸頭髮，改摸我的脖子，兩隻手一起抓住脖子的那種摸法。

我滿滿的崇拜和仰慕，當年自己為什麼不趁著夏震谷還沒變強的時候親手掐死他呢？多麼大快人心啊！阿鳳妳果真哪裡都好，連處理出軌男的手段都如此合我的心意！

靳鳳放開我的脖子，似笑非笑，然後，改碰我的嘴唇……

# 第七章

# 又見聖父

我走出房間，剛剛把紅包裡的結晶全吃完，鳳又給了幾顆，雖說躺床睡覺更能加快復原，但我特地多留一天，可不是為了睡覺。

往電梯方向一瞧，正對上阿賓的死魚眼，他雙手環胸靠在牆上，一臉「不意外又看見你」。

被抓了個包，我趕忙解釋：「我就是躺累了，出來散散步，不是要跑的！」

阿賓的死魚眼更死了，完全不信的說：「你才躺兩小時，醫生說你傷得重，起碼要休養個五、六天。」

我辯解：「吃個結晶就好了，現在又不是以前！」

「咱家醫生這半年來治療過這麼多人，早把結晶的效果算進去啦。」

呃，我硬著頭皮繼續扯：「剛剛紅包裡的結晶特別大，我吃完睡個兩小時就覺得好很多了。」

「這樣嗎？」阿賓似信非信的咕噥：「不過夫人不懂結晶，做人又大方，搞不好真拿了特別好的，那叫啥，一階結晶？」

我一凜，想來又是那個斬小月說的，但昨天交談過的結果，我實在不覺得那個斬小月有什麼威脅性，如此衝動缺腦，又是被保護得好好的大小姐，發展性實在不高，只是不知道她擁有哪種異能。

昨天說不定該趁著她逼問我異能的時候反問回去，只是當下太多顧慮，深怕得罪斬展，現在轉念一想，我今年才十八歲，衝動點反嘴問她「妳又是什麼異能，妳說我就說」之類的話，說不定更符合十八歲這個年紀。

不過說到底，突然敢這麼做的原因當然是……咳咳，有鳳罩著我嘛！

想起自己今年才十八，我立刻「幼稚」起來，任性的嚷嚷：「讓我出去走走啦！一直待在房間很悶耶！」

阿賓仍舊一臉臭，完全沒有鬆動的樣子。

沒有用嗎？我想了一想，換了種語氣，略帶尷尬的說：「拜託啦，我想多了解斬家，這可是鳳的家……」

話還沒說完，我就覺得自己墮落了，才和斬鳳說好等兩年，結果轉頭就偷用人家名號，這樣利用女人的感情，總覺得會被上輩子的自己鄙視……

換個語氣後，阿賓的眉頭就鬆開了，老氣橫秋的無奈說：「看在你讓鳳姐得手的分上，帶你去見見鳳姐底下的人，他們應該也想見見姐夫到底長什麼樣。」

等等！我大驚，鳳得手了啥？

「當然是把你得手啦！」

直到阿賓回答，我才發現自己竟然忍不住把問題吼出來。

「剛才鳳姐看起來真是挺高興的。」阿賓一臉喜孜孜，還欣慰地拍了拍我的肩膀。

雖然很想大吼「根本沒得手啊」，靳鳳才沒這麼無恥對傷員出手，不過這一吼搞不好會失去出去探探靳家深淺的機會，我只好咬著牙默默不否認也不承認，跟著阿賓走向電梯。

「不過你這時間也太短了點吧！」阿賓很不滿意的說：「雖然鳳姐不介意，你還是要好好補補啦，要是你不能滿足鳳姐，等她去找別人，你哭都來不及囉。」

短啥！我們根本什麼都沒做……就、就是親了個嘴嘛，這能耗多少時間？而且鳳說她不會找別人的，你不要誣賴她！

走進電梯後，阿賓偏頭過來低聲說：「既然決心跟鳳姐了，那你就要上心點，上次鳳姐救了一個男的回來，那傢伙是沒你好看，但長得也不賴，而且比你高又比你壯，還喜歡纏著鳳姐，嘖嘖！」

「……」肯定是胡宗說的那一個！還說什麼不會找別人呢！說好等兩年真的可以信嗎？我咬牙問：「鳳就讓他纏著？」

阿賓抓了抓頭，說：「他又沒幹啥，就是問些異能的問題，而且他的異能也不錯，鳳姐應該是在觀察那傢伙，只要表現不錯，應該會讓他加入班底。」

聞言，我心情更不愉快了，問：「他的異能是什麼？」

阿賓不答反說起別的：「以後要是有外出的任務，你要在鳳姐面前幫我說好話，讓我可以跟出去，不用等到十六歲。」

我覺得你應該等到十八！

「你要是不說，我就去跟鳳說十六太小，必須要十八！」

大家一起再等兩年，愉快！

阿賓活像一腳踩到異物，怒罵：「你就不怕我去幫另一個？」

「你去幫啊！」我怒道：「看看鳳是喜歡我還是喜歡另一個！」

阿賓看了看我的臉，洩氣了。「我看你這臉是贏定了。」

廢話，比臉就沒輸過！

他認命的解釋：「那傢伙的異能有點古怪，陣勢挺大的，會發出一陣很亮的光，只是沒啥用，看著嚇人罷了，不過光是這點就不錯，沒有多少異物不會被嚇著，很多就這麼逃了，都不會回頭的。就算對上人也有用，那光亮到可以暫時讓人瞎個幾秒。」

發光？我皺了皺眉，想不起來哪些異能有這個特性，應該說，很多異能都能發出亮光，但那只是「副作用」，很多人甚至會努力把光亮弄掉，異能發動時，越是寂靜無聲越是有力，沒人會在開打前先喊一聲「天馬流星拳」云云。

電梯樓層到了，「叮」了一聲，門即將打開，阿賓有點緊張的說：「你要跟緊我，別自己亂跑，要是你被誰欺負，鳳姐非剝了我的皮不可！」

我白了他一眼，沒好氣的說：「鳳才不會為了這種小事對你怎樣。」

「誰說的呀？」阿賓反駁：「你看看那胡宗，人都半生熟了！」

「那是他上次擅闖鳳的房間，這次又當眾挑撥離間，斬鳳才給他一個深刻的教訓，要不然什麼阿貓阿狗都可以在她面前放肆，這還怎麼帶人啊？」

阿賓瞪大眼，滿臉不敢置信，哼哼，終於知道我不是只能靠臉了吧！雖然對黑道不熟，但末世裡類似黑道的組織可是多如牛毛，見識得多了！

「你倒是挺懂咱大姐。」

電梯門外，刀疤林齊一臉滿意地看著我。

阿賓喜氣洋洋地說：「大姐不只咱的了，也是小宇的老婆啦！」

「喔？」刀疤點了點頭，佩服地說：「不愧是鳳姐，手腳真快，我等等就讓底下人改口叫姐夫。」

……突然覺得阿賓這年紀真好，叫我姐夫，多麼讓人能接受！這隻刀疤看起來比斬鳳還大得多，對我一口一個姐夫，真是讓人無言以對。

「叫我小宇就好。」我忍不住開口說。

刀疤一揚眉，「你如果是想當大姐的玩物，那你高興叫什麼宇都行，但鳳姐的意思是把你當元配，不是玩玩，那就不能亂喊亂叫。」

元配……我真的不是很懂這年頭的黑道，用詞這麼復古到底算有文化還是沒文化？把一個性別男的傢伙叫作「元配」真的沒有問題嗎？

我無力地說：「那就叫姐夫吧。」

聞言，阿賓的緊張臉放鬆了些，「有刀疤在，肯定沒人敢欺負小宇——不對，是姐夫！」

確認是「姐夫」後，刀疤顯得熱情許多，一張疤臉還扯了笑臉出來，只是一笑就扯動那道疤，整張臉歪七扭八的，簡直慘不忍睹。

「你吃的結晶不多嗎？」我有點疑惑的問：「我吃結晶後，一些小時候留下的疤都不見了。」

雖然說陳年疤，又是這麼大的疤，可能比較難消，但是靳鳳應該不會虧待身邊的人，結晶吃多，別說疤，掉牙都有機會長出來，斷肢重生聽說都並非不可能的事情。

但我也只是聽說，末世裡，人若斷手斷腳都會死很快，不是被吃，就是感染後變異物，身邊根本沒人有那個機會吃很多結晶把手腳長回來。

阿賓撇撇嘴說：「誰說不多啊？鳳姐給的結晶多著呢，就是一階結晶，刀疤也不是沒吃過，所以他這張臉才勉強能看，放在以前，你要是突然看到他，包準你把昨天早飯都吐出來。」

這還叫能看？我抽抽嘴角，看來靳展說刀疤差點把自己腦袋砍兩半，搞不好不是誇飾法。

阿賓不滿地看著刀疤說：「不就是個女人嗎？她毀容，你跟著砍臉，你這腦子不用砍都有洞！」

刀疤瞪了阿賓幾眼，冷冷地說：「沒長毛的小鬼還滿嘴女人，讓鳳姐聽見，包準揍你一頓！」

「鳳姐才不會計較這種小事。」阿賓一點都不在意，還轉頭跟我說：「刀疤這傢伙喜歡小時候住隔壁的女孩子，可人家是成績好的高材生呀，哪看得上他這傢伙。」

刀疤怒道：「伊柔她沒看不上我！她還來保過我！」

阿賓翻了個大白眼，補充說：「是，人家沒看不上你，是你孬，連說都不敢說，眼睜睜看著喜歡的女人嫁給別人去了。」

他轉頭繼續說：「那柔柔嫁到外地去了，咱這刀疤連去看一眼都不敢，是後來他回老家去送錢給老母，意外發現人居然回來了，打聽後才知道她夫家失火，她拚死護著婆婆出火場，一張臉燒糊了半張，結果那丈夫也是畜生，剛開始還說絕對不嫌棄，沒過多久就搞上別的女人，就離了婚。」

「然後柔柔就和刀疤哥在一起了？」

我聽得津津有味，這故事比連續劇還精采，在末世沒電視看，聽聽故事就是最好的消遣，上輩子就這麼聽故事過了十年呢！

「沒，她不肯，就說臉已經毀了，沒人會喜歡，這輩子不會再嫁了，所以刀疤就拿刀砍了自己的臉，差點直接躺進棺材，讓人家柔柔照顧大半年才下得了床，一下床就衝到人家家裡說要娶柔柔，臉醜成這樣還兇神惡煞，差點把岳父岳母全都嚇死！」

居然是個癡情種？我頓時對刀疤印象大好。

阿賓嘖嘖說：「打從吃過結晶，發現他臉上的疤淡了，刀疤就成拚命三郎，結晶領得比誰都多，就為了分老婆吃，要不是怕實力差會打不贏異物，這傢伙真想把所有結晶都讓給老婆。」

聽完故事，我再看刀疤，這人簡直帥得無與倫比，臉上有道疤多酷啊！

說故事期間，刀疤都冷著一張臉沒說話，但我倒是看得出來，他不是心情不好，純粹就是在害羞吧！這兇狠大男人居然害羞，簡直反差——雖然想說反差萌，但刀疤這人要和「萌」這個字扯上關係，必須先自插雙目才辦得到。

「刀疤哥真是個好男人！」我豎起大拇指，這種高等級的癡情好男人，必須多多誇獎！

刀疤也不好再冷著臉，又扯開歪七扭八的笑臉。

「沒錯沒錯。」阿賓點著頭說：「你要多跟刀疤學學，可不能看上別的漂亮女人，雖然男人都喜歡看美女，但你已經是鳳姐的人啦，要是敢多看，小心眼珠子被刨出來！」

我冷哼一聲，「想刨我眼珠子？鳳會先把你手剁掉！」

聞言，阿賓都氣笑了，牙癢癢地瞪著我，活像一條想咬人的小黑狗。

「你管多了，阿賓，鳳姐心裡有數。」刀疤拉上我，乾脆的說：「走，帶你去見見鳳姐的班底，認認人也讓人認認你，省得以後自家人惹自家人。」

我點頭，雖然對斬展手下的班底更有興趣，但也知道自己目前的人設是混吃混喝小白臉，就算是元配，恐怕斬展那邊的人對我也沒有興趣。

走過大廳時，外頭傳來槍聲，但這裡的人都不怎麼驚訝。

這聲音聽起來有點距離，我皺眉看向窗外，旁邊傳來阿賓的解釋：「這外面什麼聲音都有，時不時炸兩聲，之前還有一條好大的蛇不知為啥在街上橫衝直撞，咱在樓頂上眺望都覺得嚇死人，槍聲根本沒什麼。」

呃，蛇該不是說神木虾蚓吧？我望向遠方，絕不承認自己是罪魁禍首。

最後來到一個小廳，懸掛在門口的廳名還有點意思，就叫朝鳳廳，難怪斬鳳的班底會安排在這裡。

一走進去，刀疤就喊道：「來認認鳳姐的人，這可是姐夫，嘴巴別不乾淨……」

「是你！」

刀疤話都沒說完，一個站在門口的年輕人就激動地差點跳起來，一臉的難以置信。

我看著這年輕人，有點眼熟，但是卻想不起來在哪邊見過這傢伙，而且這傢伙的穿著也很爽朗，看起來和其他人格格不入，不像黑道，倒像個正常大學生，還是那種會在籃球隊出現的陽光運動男。

「你怎麼會在這裡？」他訝異的問。

一旁，刀疤皺了皺眉，看起來有些不悅，卻沒有打斷那人說話的意思。

我不動聲色的說：「被救回來的。」

「被救？」他看起來更驚訝了，「你也需要人救？」

這傢伙的反應很不正常，一般人看見我，印象就是個美青年，多半還會被標上弱雞標籤，誰讓我練不出大塊肌肉，雖然也有精實的身體線條，但衣服一罩，那就是個弱雞無誤。

莫非他曾經躲在一旁看過我戰鬥的樣子？失策，應該早點把偽裝弄出來。

「當然需要。」我決定再繼續裝傻，先探出對方的身分再說，「這外面有多危險，難道你不知道？」

那人遲疑了一下，點頭說：「也是，雖然你很強，但外面的怪物太可怕了。」

這傢伙肯定見過我戰鬥！可惡，旁邊的刀疤和阿賓都狐疑地看過來了，這下子還能裝柔弱嗎？

旁邊有人笑道：「沈一邵，你不是認錯人了吧？」

這名字有點耳熟，但我愣是想不起來，不會是什麼國中國小同學吧？

沈一邵立刻否決，「不可能，這張臉怎麼可能認錯！」

眾人默默地看著我的臉，點頭同意。

他看著我，有些尷尬地問：「你忘記我了？」

我認真地看著他的臉，想找出更多熟悉感，同時胡亂猜測：「你是我的國小同學？還是國中？抱歉，我記性不太好。」

身為一個考上第一志願的好學生，我的記憶力當然很好，但融合關薇君的記憶後，有些小事混雜在一起分不清是哪邊，有些則是太不重要，就剩下一丁點印象。

沈一邵搖搖頭，「你不記得我也是正常的，只是路上遇見而已，那時你救了我們。」

我何時救過陌生人——啊！想起來了，我被鳥抓去中官市後讓靳鳳救了，鳳放我回家，那時在路上當過一次聖母，還被人開了一槍，聖母心都被打碎了。

聖母不能當，真的是後患無窮！我咬牙，但想想當時的母親孩子，難道還真的連順手都不救？

「我想起來了，當時那些孩子呢？」我忍不住問。

聞言，沈一邵失落的說：「我不知道，後來我們被困在大樓的樓上，外頭全是怪物，食物又沒了，餓到不行，居然有人想殺孩子來吃，我、我擋了幾次，快擋不住了，只好說我出去引開那些怪物，讓他們趁機快跑。」

好個聖父，我服了你！

「我快被怪物撕碎的時候，身上突然發光，那些怪物嚇得有些散開，我趁機逃走，多撐了一段時間，最後被團團圍住，還以為自己真的要被吃掉的時候，靳鳳來救了我——」

話沒說完，他就被阿賓重重打了後腦勺，阿賓憤怒地說：「叫鳳姐！鳳姐的名字是你叫的嗎？」

沈一邵摸著腦袋，沒啥誠意的道歉：「喔，不好意思。」

他看起來很不自在，顯然不是很習慣黑道的做事風格，但這也不意外，正常大學生處在黑道人士中，肯定格格不入。

阿賓推了推我，一臉的狐疑。

思考之下，我簡單說明：「之前我救過他們一夥人，他們有個傢伙卻對我開槍，想搶我的東西，我捅死他後跑了。」

百分之百實話，只是輕描淡寫的帶過去，怎麼救不說，怎麼殺也不說，聽起來只是順手救救人，不是很難的事情，但沈一邵聽起來也不會覺得有問題，因為事情經過確實就是這樣。

阿賓恍然大悟，立刻對沈一邵說：「既然姐夫是你救命恩人，那你可不能跟他搶鳳姐啦！」

沈一邵愣了愣，竟然還臉紅了，結巴道：「我、我沒想……」

他說到這裡，卻停下來遲疑地轉頭過來問我：「姐夫？這是說你嗎？你真的是靳鳳的丈夫？但你看起來好小，上大學了嗎？」

尼馬，聖母真不該當，居然救了個小三！滿嘴靳鳳靳鳳的，叫鳳姐啊混蛋！

「我快十九了，是大學生！」我堅持這點，如果沒被磁磚砸中，確實考上大學了。

沈一邵皺眉道：「還是好小，你為什麼這麼年輕就出手殺人？」

小個屁，我上輩子加這輩子做你爸都綽綽有餘！

「他對我開槍！」我怒道：「你到底分不分得清是非？我救了你們，他卻想殺我搶東西，我只是反擊，你還口口聲聲怪我殺人！」

他反駁道：「你那麼強，反擊的時候明明不需要殺他，這根本不算自衛殺人！」

自衛殺人？我怒極反笑，「他敢對我開槍，就要敢接受後果！」

一旁，刀疤點點頭，顯然很贊同這話，阿賓則更直接，用鄙視的臉看著沈一邵。

沈一邵似乎也知道自己的觀念在這種地方不會被接受，他有些不敢再說下去，對周圍的人頗為忌憚，卻對我沒什麼害怕神色，哪怕我在他面前殺過人，但刀疤等人的手上肯定也染過血，相較之下，我年紀輕，看起來瘦弱，就是沒法嚇倒人。

他不確定的問：「你應該不是黑……呃，不是、不是跟他們一起的吧？」

我搖頭。

他很是不解地問：「那你怎麼能夠這麼輕鬆打倒那些怪物？」

「我大哥是傭兵，教過我幾招。」我理直氣壯的說，反正一切都是我大哥教得好，就算我殺人，那也是我大哥教壞的！

他恍然大悟，但多半是一知半解，一隻正常的大學生不可能了解傭兵這職業，除非看太多小說。

總的來說，傭兵就是受雇的武裝部隊，雇主讓幹啥就幹啥。

當然，我家大哥在選擇任務上還是有點節操的，至少比女色有節操多了，不會來者不拒，亂接一些傷天害理的任務。

我看了看周圍的人，他們都只是好奇，沒有太過驚訝，傭兵和黑道其實並不算同行，尤其我大哥多半在國外做任務，很少接國內的任務，這是為了弟弟和妹妹的安全，國內的任務牽扯多了，難免就會有危險。

大哥是這麼說的，雖然我也知道還有個原因就是外頭的任務比較刺激，哪怕是國內接的任務，能讓大哥有興趣，任務地點多半還是在國外，索性就去國外了，還能少給弟妹帶來麻煩。

這時，沈一邵的表情看起來還想繼續問下去，但刀疤卻不耐地打斷他：「臭小子，誰讓你亂插嘴，再不讓開，有你好看的！」

胡宗挑撥兩句就被燒個五分熟，沈一邵隨便上來攔人插嘴的舉動簡直可以全熟了，若不是刀疤和阿賓想聽聽我的事情，多半在最開始的時候就一腳踹過去，讓他躺角落懺悔人生。

聞言，沈一邵本還想再問，但是刀疤臉一沉，他就不敢再多說，乖乖讓到一旁去。

刀疤扭頭就誇讚我：「鳳姐說過你不弱，想不到還真有兩把刷子，居然是見過血的。」

呵呵，我砍過的人和異物連自己都數不清，結晶都能當飯吃，何止見過血，簡直用血洗澡！

我垂下頭，狀似無奈的嘆道：「我大哥逼的，他說這種年代，我再這麼天真，遲早是個死字。」

一切賴到大哥身上就對了，我只是個不得已拿刀砍人的柔弱美青年。

沈一邵驚呼：「你這大哥怎麼回事？居然逼你殺人？」

刀疤大怒，猙獰的神色看起來竟像是想直接斃掉沈一郜，但他沒有拔槍，而是伸出手，虛空一抓，沈一郜整個人往前被拖了幾步，像是有人揪著他的衣領似的。

隨後，刀疤又將掌心朝上一推，沈一郜竟浮了起來，整個人懸在半空中，剛開始浮起來的時候，他還試圖想要掙脫，等到高度超過一人高，他就完全不敢動彈。

最後，一個大男人飄在離天花板只有一公尺的地方，要知道，這裡可是五星級飯店，這挑高的大廳目測起碼有一般樓房的三層高。

阿賓笑吟吟地走近兩步，腿一屈一跳，竟直接彈到沈一郜面前，看他游刃有餘，這高度可能還不是他的極限，這彈力真夠驚人的了，但這不是結束，他一記鞭腿踢過去，快得只能看見腿影，然後就是沈一郜整個人撞在後方牆壁上的巨響。

踢完人，阿賓一個倒轉，腳踩上天花板，借了個力快速落地，又是一記腿功，將一旁的沙發掃到沈一郜的下方，後者此時甚至都還沒落地。

雖然有沙發墊底，但沈一郜是掉下來的，可不會好好坐在沙發上，他先摔到沙發上，隨即跌到地面，躺在地上抱著肚子呻吟，根本爬不起來，但看起來也沒斷手斷腳就是了。

我讚嘆不已，這兩人的異能也不錯，又想帶走了，看見素質好的人都想帶走，這種病該怎麼治呀？

連口水都快流下來了，幸好回頭想想自己的手下，阿諾和阿青擁有金屬和空間異能；西瓜有重力異能；林佐軍可以瞬間移動；刁明擁有超棒的植物系異能；還有個彭偉杰以為自己的異能只是震動。

呵呵，異能類別還是小事，最重要的是這些人是服從命令的戰鬥職業，品行良好的軍人啊！

冰槍小隊真是太過美好，雖然不見得比得上大哥的疆域，但絕對甩夏震谷的隊伍五十條街不止，我該知足了。

轉過神來，阿賓正滿臉「怎麼樣啊」，雖然努力不露出太驕傲的樣子來，但嘴角是壓都壓不下去，一臉的求稱讚求表揚，這時的他看起來完全符合十四歲這個年齡。

我揉揉他的頭，誇獎：「真厲害啊！」

手感真不錯，雖然頭毛硬了點，比不上我家妹妹的柔順。

「不准摸我頭！」阿賓怒道。

他的臉都脹紅了，表情似乎有點怒，但在我看來，更像是惱羞，而不是真的憤怒，看來這小鬼不是真的討厭被摸頭，只是拉不下臉來，真是隻傲嬌小黑狗。

我挺起胸膛，理直氣壯的說：「我是你姐夫，摸個頭都不行呀？」

阿賓一怔，揪著眉苦惱，還不知該怎麼反應時，外頭突然衝進一個人，劈頭就說：「刀疤，召集人手，鳳姐遇到麻煩啦！」

聞言，整間朝鳳廳的人原本都拉尖耳朵偷聽，這時卻「刷」地一聲通通站起來，表情一個比一個還猙獰。

刀疤皺眉問：「啥狀況？怎麼是你來通報？鳳姐有沒有說要多少人手？」

那人搖頭說：「靳哥派我在樓上瞭望守衛，遠遠地看見鳳姐跟一群人起了衝突，現在兩邊人馬都躲進大樓裡，暫時沒有直接對上，地點在東方約三公里，鳳姐躲的大樓是綠的，另一夥人躲在對面白色大樓，上頭還寫著陳氏海運。」

「確定是人，不是異物？」刀疤仔細問道。

那人一口否決：「肯定是人，手上都拿槍呢！那火力還不小，不知是從哪來的。」

我看了那人一眼，視力異能？

刀疤大怒：「是不是偷襲靳哥的同一夥人？」

那人一怔，臉色大變，「真有可能！我得去跟靳哥說。」

「你快去，我先帶人過去幫鳳姐。」刀疤扭頭就對廳內的人吼：「回去帶傢伙，一分鐘後到大門口。」

眾人立刻衝出朝鳳廳，差點把門口都擠爆了。

刀疤轉身要走，阿賓卻是一臉臭，想來他是不能跟去的。

沈一邵急忙走過來，本來還抱著肚子，刀疤一看過去，他立刻挺直了，果然沒受到多大傷害，阿賓還是留了手的。

「我也去！」

刀疤皺皺眉，「按規矩，你不能拿槍。」

「我不拿，反正我也不太會用槍！」沈一邵連忙說：「我就是發發光，吃過結晶以後，我發的光更亮了，肯定能幫上斬鳳。」

刀疤沒考慮太久就點了頭，讓他直接去大門口。

我瞇起眼睛，揚聲說：「我也要跟著去！」

刀疤愕然地看著我，罵道：「別鬧了，那些傢伙還不知是誰，我可沒閒工夫照料你。」

我一揚頭，「不用你照料，我可是能自己在中官市和蘭都走動的人！」

阿賓挖苦道：「是呀，每次都讓鳳姐去救你。」

「……」

看著兩人都是一副「你就別來添亂了」的表情，我若不露兩手，恐怕還真的不能跟去，想想之前跟斬展對戰的時候，小容就是用枝條刺過幾下而已，在滿滿的冰棘冰牆中，應該不大顯眼。

呼喚了小容，感覺得到他睡眼惺忪，精神十分低落，我實在有點不忍，就讓他繼續睡，只要把右枝條伸長給我用用就好。

一條半透明的鞭子從袖口伸出來，長度足足在我的腳下繞了五圈。

我揮手一鞭子，將遠處的餐椅打成一堆破木條，雖然這舉動有點不符合柔弱美青年，卻也不會過於強悍，要是連這種程度都沒有，說我能在城市走動，鬼才信呢！

刀疤露出讚賞的目光，問：「會用槍嗎？」

「會！我大哥是傭兵呢，除了狙擊槍，我什麼槍都能用，不敢說百發百中，十發中個八發以上是絕對沒有問題！」

我繼續用大哥當擋箭牌。

刀疤滿意的點頭說：「走，跟我去拿槍。」

喔耶！我瞪了沈一邵一眼，雖然上輩子自己沒特別討厭那些小三，人數那麼多，別說恨，記都記不住呢！

但這輩子，小三這種東西，一個都不要想出現！

# 第八章

# 哪支隊伍這麼威

我安安靜靜地當個跟屁蟲，跟隨刀疤領的隊伍快速移動，三公里聽起來是沒有多遠，但一群人要在蘭都移動，遠比單獨一人要難多了，畢竟目標大，隱匿更加不易，而且整塊牛排總比肉渣要有吸引力。

異物甚至會合作攻打人類基地，如同人的團隊之間也會合作去一些大賣場和糧倉，只是異物種類繁雜又喜怒不定，基本上難以長期合作，吃完人類後互吃都是家常便飯。

也是因此，人類才能撐到末世後期吧，否則異物如此生猛，末世初期能擋得住的人有多少？

哪怕威如雷神靳展和冰皇疆書天，在沒有先知的上輩子，不也是一個龜縮在中官市，另一個耗盡整支傭兵團才回到家。

「走快點！」

領隊的刀疤不斷催促，我立刻加快腳步跟上，這一夥人的速度倒是挺快，這素質就算比不上疆域成員，也遠遠超過一般人了，而沿路走來竟沒有多少異物，難道靳家已經把方圓三公里都清乾淨了嗎？

「你們到蘭都多久了？」

我低聲問旁邊的人，他是被刀疤安排過來的，對方還是有點不放心我，特別安排這麼一個人高馬大的沉默硬漢來照料我。

果斷當姐夫是對的，有這名硬漢，我應該不用出手，可以當個安靜的美青年，瞧瞧隊伍後方的小三——我是說，沈一邵，他可沒有這種待遇。

硬漢剛被安排過來時，表情有些冷硬，但開始行動後，刀疤下了急行軍的命令，硬漢發現我完全沒有掉隊，穩穩保持在隊伍中段，比起拖後腿的沈一邵好太多了，之後的臉色就好看很多。

就連附近幾個人都一副對我刮目相看的樣子——好吧，其實是「這怎麼可能」的表情，看來大家對我的柔弱美青年印象是堅若金剛石，哪怕靳鳳多次說「小宇不弱」，顯然沒有任何人相信。

心情好複雜，會不會將來我露出真正的實力，大家根本不相信，還可能懷疑我是被異物附身了？

硬漢說：「到了十來天。」

「這附近的異物都被你們清掉了？」

硬漢一個點頭回應：「鳳姐帶人負責清理周遭，靳哥出去擴展地盤。」

真教人驚嘆，雖然我家小鎮也清得很乾淨，螞蟻都掃光了，但那畢竟是個鎮，哪比得上蘭都可怕，雖然這裡應該算是半郊區，附近看起來還有點空曠，就這麼一家飯店特別高檔，真不知道是不是專營斬家這種黑道組織……

看來人手多還是好處多多，雖然人多難免紛紛雜雜，但做起事來就是快速。

不過斬家可用的人手這麼多，合作這件事就有點玄了，人數差距太大，不知道能不能用單體實力來補補人數差距？

斬展和斬鳳的實力很高，但我可以與斬展打個平手，在之前打過一場後，我甚至可以大膽猜測，若是真心生死相拚，我起碼有六成的把握不會打輸！

雖然雙方都是先知，對方還是赫赫有名的雷神，但我勝在有末世十年的歷練，哪怕那十年有大段時間在種田，但也有一大半是生死交關的時刻，那種日子絕對不是沒經過的人可以想像的。

現在的斬展預先得到我家大哥的提示，後又有斬小月提供資訊，手下人多又火力強大，不知有沒有機會在生死之間歷練？

我家大哥至少還有最開始從中官市拚死回家的經歷，但斬展恐怕根本不會讓自己搞到「拚死」這麼慘吧？說不定這次被我打斷腿還是最驚險的一次。

雷神的誕生，應該不會出什麼問題吧？

我簡直冷汗涔涔，冰皇都不知道出不出得來，雷神千萬不要也出問題，不然我真的成了冰皇都不夠賠的。

「看見了，陳氏海運。」

前方，刀疤低聲說：「全部人都走快點，不許說話。」他特別瞪了沈一部，顯然覺得對方是個多嘴的傢伙。

沈一部十分尷尬，只能緊閉嘴巴表示自己不會再多嘴。

我抬起頭來一看，覺得這幢白色大樓略眼熟，呃，這不是之前自己差點被狼人啃掉的地方嗎？

靳鳳大概是專程來剿滅那些犬人的吧？也好，那隻狼人首領還是快點宰掉，免得再進化下去，貌似得改叫狼王，到那時，他底下會有狼人和犬人，數量聽說可達上千。

有頭領的異物族群非常可怕，他們是最敢進攻人類聚集地的異物類型，而頭領常常有不輸人類的智慧，又強又聰明，還很少起內訌，人類簡直沒得比！

不知道和靳鳳起衝突的人是誰，不去打狼人，居然和自己人作對，而且聽起來對方火力還挺強大的呢，真不愧是蘭都，雖然是恐怖的異物叢林，但人類方也是臥虎藏龍，只是上一世的最後，最終還是異物贏了，十三在這裡成了最可怕的異物之王。

現在想想，或許異物之王不只十三而已，蘭都的情況起碼傳得出來，但北方的首都梔北呢？即使到末世十年，那裡的消息仍舊很少，人類大多只在最外圍活動，對於裡面的狀況是無人知曉。

還沒等我們抵達綠色和白色兩幢大樓，雙方又有了動靜，先是白色大樓的一樓燃起火光，雖然那裡堆著一些雜物，但顯然不是易燃物，火光爆了幾次，才成功引燃一些東西。

如果我沒猜錯的話，那八成是斬鳳的手筆，隔著那麼遠的距離放火，她絕對上一階了，如果和她對峙的人沒有足夠強的異能可以抵擋，一旦被她抓住，直接焚成焦屍都不是沒可能。

若對手是一般人，放火這招倒是有效，至少可以逼人出來，對方若是不肯出來，等大量濃煙往上竄，嗆都能嗆死人。

沒想到，那火卻被一團突然出現的大水球撲滅了。

我愣了一愣，沒想到對方竟也有異能者？還是水系的。

這水球只是為了滅火，倒是看不出強弱，而這裡又是蘭都，最危險的一線城市，有人在此時能夠施展出水球，應該不算太奇怪的事情吧？現在畢竟都一月……

呃，還是二月了？總不是快三月了吧？

過得都有些忘了日子，尤其最近常常關在房間玩小容，一個不小心就好多天消失，末世的時間也不是那麼重要，尤其在發現許多應該是什麼時間才會發生的事情，全都是錯誤的，時間就更加不重要了。

雖然也不能一竿子打翻一船人，「十年」這個時間就非常重要，還有，「六月二十號」這個日期，末世的人仍舊注重日期，全都是為了這一天，那天根本看不見人，連異物都不見得能碰上，大家都躲在精心尋找的躲藏處，靜靜地等待半夜的審判時刻到來。

不知從何時開始，黑霧的降臨被稱為「審判時刻」，卻沒有人知道這審判的標準到底是什麼，雖說虛弱無力的人容易熬不過去，這是一條普遍的規則，但也有例外，有一些實力不錯的人卻在這時刻化為異物，即使這種案例極少，仍舊足夠讓人恐慌了，誰都不想拚搏這麼久，沒死在異物嘴裡，而莫名其妙死在審判時刻。

只思考這麼一小會兒，兩幢大樓之間就起了衝突，槍聲四起，說也是巧，兩邊選擇藏匿的樓層都是三樓，由於辦公大樓都是大片窗戶，槍聲還伴隨著玻璃碎裂的聲音，這真的不是很妙，就算附近的異物畏於火力強大，一時不敢靠近，但這聲音大到可以傳出幾公里遠吧。

刀疤急了，整支隊伍飛快前進，沒多久就抵達兩幢大樓的附近，這時，雙方的火力漸歇，幾團火光從綠色大樓中衝出來，直奔白色那方，那竟是三顆人球大小的火球！

快飛進大樓的火球卻撞上一道憑空出現的水牆，想不到，對方的水系異能者真的不弱，但就能量的強弱來看，那道水幕並不足以完全擋下火球，只是被水牆減弱威力後，對異能者的傷害有限。

這時，白色大樓竟也反擊了，剛開始的動靜很小，幾乎看不見任何東西，直到綠色大樓傳來巨大聲響，刀疤等人才驚覺不對勁，雖不知發生什麼事，總歸是知道靳鳳被攻擊了，一個個臉色難看了起來。

我卻「看」得清清楚楚，那居然是風刃，對方有風系異能者！雖然風系不算太少見的能力，但到底比不上水火常見，更別提在這種時候能用出風刃，而不是搧風用的微風。

風系和水系都有了，可抵擋可攻擊，這支隊伍的實力看起來真的很強悍，萬幸這風刃應該不至於會重傷靳鳳，她已經上一階，對能量多少有所感應，不會像其他人一樣，對於無形無色的風刃毫無所覺。

有風有火，原來末世第一年就有這樣的隊伍出現了嗎？

上輩子的我果真是井底之蛙，還以為第一年就是個逃亡年，大夥唯一忙的事情就是不要被吃掉，結果人家早就組隊進城打異物了，這進度條讓人望塵莫及啊！

這時，硬漢突然單手抓住我，把我整個人抓在懷裡，我一怔，差點要朝他肋骨來一記後再過肩摔，幸好及時發現他的動作並沒有惡意，反而有保護的意味。

我疑惑的抬頭望去，戰況果真激烈，兩邊風風火火你來我往，風勢助長火勢，兩道異能夾雜纏繞在一起，瞬間甚至出現火龍捲這樣嚇人的東西來。

不時還有水系衝出來湊湊熱鬧，只是這水系的攻擊力不夠，偶爾還會打斷風系的攻勢，後來也就不出來添亂了。

我看得津津有味，還放心了，兩股風火的能量都比不上自己，看來這輩子的進度條還是超前的，幸好幸好，要是開了重生加疆家血統兩種金手指還輸人，那真的只能撞冰磚謝罪了。

這麼被人抱在懷中，感覺有點尷尬，我掙扎兩下，對方卻抓得更緊了，還罵道：「別亂動！」

好吧，就乖乖不動，反正這傢伙看著只是太盡責，認真保護我這姐夫，倒是沒有別樣心思。

雖然著急，但刀疤也沒有衝動地上前去，而是領著我們靠著邊走，似乎打算接近敵方的白色大樓，而不是斬鳳那邊。

但這時，敵方的風勢突然一滯，瞬間被火逆襲，快要噴向窗戶的時候，水牆及時出現，將火勢阻隔在外，這水系能力者的反應速度真不是蓋的，且偏向防禦而非攻擊，這點倒是跟雲茜很像。

原本還以為雲茜此等二頭肌女，肯定偏向攻擊型，結果居然是防禦型，真是嚇得我手上的小容都掉了，但大哥說，她是狙擊手，最需要的是耐心和沉穩，而不是攻擊性，偏向防禦型並不讓人意外。

我這才恍然大悟，果然以肌肉取人就和以貌取人一樣不可信！

火的攻勢漸漸漸弱，哪怕斬鳳上了一階，能量也不可能無窮無盡，只是不知道她是後繼無力，還是想換個方式進攻，沒把整場戰鬥從頭看起，實在不好判斷。

待火勢完全歇了，水牆馬上落地變成一攤水，但此刻，巨大的風捲卻衝出來，威力竟比之前高上許多，這等風勢完全不輸給小殺，說不定已經是一階的高手！

我突然覺得有些不對，難道這支隊伍也有重生的人不成？現在才末世第一年，就算是一線大都市，沒有先知的情況下，真能出這麼多的強者？

一道火突然從綠色大樓噴出來，卻不是紅火，已成橘黃色，連我這裡都感受到氣溫上升，整條火焰聲勢如龍，朝著敵方所在地衝過去。

斬鳳果真不是省油的燈，更不是會退卻的性子，面對滔天狂風，她回以高溫烈焰。

風火相遇在兩幢大樓之間，底下的車輛紛紛被吹動，周圍的玻璃窗全被高溫狂風烤破了，尖銳的碎片射得滿地都是，這種時候連刀疤都停下來不敢繼續前進，這要是太過靠近，說不定一陣夾火的風吹過去，他們就五分熟恰恰好，說不定還切好片了。

咳，對！是「他們」會五分熟，我可不會，還好進度條超前，只有我把別人凍成冰棒的分，沒人可以把我煮熟切片。

我猛然抬起頭來，看來話說得有點太滿，沒想到，這支隊伍竟還有這種高手……

半空中，一道人影從天而降，踏破風火，陣勢驚天破地，對方的能量之高，完全不輸給雷神斬展，而他的目標不是斬鳳所在的大樓，卻直衝我們這支小隊而來！

心中警鐘狂響，瞬間明白，這人是衝著我來的！

我直接化出一條冰鞭，而不是像之前忽悠斬展時，使用小容的枝條。小容受傷太重，我實在捨不得讓他對敵，反正斬展不在這裡，沒法發現我就是打斷他腿的人。

發光啊！沈一卲你這個蠢貨，竟然還嚇呆了，你到底是跟來幹嘛呀！

一把推開硬漢，我顧不上對方驚訝的表情，鞭子揮向空中的敵人——

「疆書宇！」

鞭子一歪，打到旁邊的牆面上，那人影落了地，雖然背著光，但我還是看清他的半邊臉，另半邊則埋在陰影中，呃，這臉色已經有夠冷冽肅穆，還配上半陰半陽的光線，真心好恐怖啊！

旁邊的硬漢也被嚇著了，舉起槍來就是三連射，幸好對方一抬手就讓子彈化為塵埃，這招威得讓刀疤等人的臉色都變了，舉著槍卻不敢繼續開。

那人直盯著我，根本不管其他人，刀疤他們發覺不對勁，警戒之餘，狐疑地用眼尾偷瞄我。

「疆、書、宇。」對方一字一字地唸。

我吞了吞口水，大聲回應：「在！」

他上下打量著我，那眼神簡直像是X光，恨不得把我從裡到外掃個清清楚楚，我連忙站直任憑他看，自己絕對沒有受傷——等等，好像確實受了傷。

我挺得更直了。

對方張了嘴，我緊張得如聽判決，但沒來得及說話，後方突然火光大盛，他轉過身去，巨大的火團撲面而來，卻消失在一個揮手之下。

這火團卻只是個招呼，火一滅，出現一道性烈如火的身影，那是斬鳳，她把火團當成盾牌，自己才是真正的大殺招，一上來就是兩把槍械連發。

就算上了二階，也還是怕子彈的，尤其靳鳳用的槍不知經過什麼改造，火力大得驚人，放在末世前可能是把廢槍，因為沒有人能在實戰中承受那種強大的後座力，但放到如今卻是最好不過的槍枝。

剛才，刀疤若不是被對方一招「揮手滅子彈」嚇到了，繼續開槍的話，就會發現對方其實沒辦法徒手滅更多子彈，三顆沒問題，五顆很勉強，七顆靠運氣，十顆吃子彈。

並不是沒法分解子彈這種小東西，只是速度趕不上。

對戰的兩人都是使槍高手，槍術完全不輸給異能，對付平常人，他們或許會靠異能，但是面對槍術高手的近身對戰，這兩人顯然更擅長用槍和身手，異能只是輔助而已。

靳鳳就在身周圍繞一圈火焰，類似防護盾的效果，但就我看來，這火盾只能應付不到一階的人，對於她現在的對手，純粹只有聲光效果，最多可以燒個外衣。

對方的徒手滅子彈，剛才說三顆沒問題，但那是早有預備的情況下，這種近身快速對戰，要同時使用異能滅掉子彈，對他來說似乎還是不夠熟練，不如閃躲和開槍回擊的反應速迅。

看來，還是只能慢慢累積經驗。想想又覺得自己太苛求，現在才末世半年多，異能這種從未有過的能力，任誰都沒有辦法迅速上手吧。

哪怕是冰皇也做不到。

天上突然又落下一人，我才剛看清她的臉，她已經二話不說朝斬鳳的頭部踢去，甚至能聽見破風聲，這擊若是踢中，腦袋直接變成破西瓜了吧！

幸好斬鳳一個側身閃躲過去，但原本那對手卻趁機來了一招膝擊，斬鳳不是閃不掉，卻是不能閃，因為對方真正的殺招其實是手上的槍，膝擊不過是為了讓她退無可退。

見狀，我立刻衝上去，在斬鳳硬扛下膝擊，卻還是閃不開同時襲來的槍口時，我及時擋在她的前方，黑漆漆的槍口就在眼前，但我壓根不在乎，槍口後方的眼神才教人膽寒。

那眼神，怒不可遏！

嚇死人了，再也不敢擋在這人的槍口前。

我結結巴巴的說：「大、大哥，她救了我，你別殺她。」

對方，也就是我家大哥，首先把槍口從我的額前移開，卻指向後方的人，完全沒有鬆懈，然後冷著張臉，用著萬分危險的語氣問：「『救』了你？」

呃，我好像又不打自招了，這下子也只能硬著頭皮點頭。

這時，刀疤的人馬衝上來，一堆槍口分成兩邊，大多指向大哥，少數比著剛才跳下來的另一人，關薇君，她沒拿槍，只是握緊拳頭，一副要拿拳頭揍子彈的兇猛貌。

我正想怒喊「放下槍」時，大哥的身後落下許多人，小殺、雲茜、丁駿和一堆兵，周圍頓時升起水牆，狂風捲得大夥的眼睛都瞇了起來，當然，還是少不了一堆槍比來指去，那些兵現在只會用槍。

大哥冷冷地說：「這個女人先攻擊我。」

我愣了愣，回頭看了一眼，卻直接被斬鳳抓住，差點被揣到她身後，但大哥反應迅速地出手一抓。

目前狀況，我的右手被大哥抓住，左手被斬鳳扯著，眼前是大哥的槍，指向斬鳳，腦後是斬鳳的槍，比著大哥。

呵呵，我都能從周圍的人眼中讀出「這什麼見鬼的場面」來了。

「大家有話好好說。」我無言以對，只能勸道：「一邊是我大哥，一邊是我的救命恩人，大家都是好人。」

結果兩邊都給我白眼，好吧，黑道和傭兵拿著幾十把槍火併，貌似雙邊都不是好人。

我扭頭說：「鳳，這是我大哥疆書天。」再扭回去，「大哥，這是斬鳳，是斬展的妹妹，也是我的救命恩人。」

大哥的眼睛一瞇，沒說話，但是我完全領會他的意思，大概就是「為什麼你好端端地會跑進蘭都被人救」。

我扯了扯雙手，沒人想放開，周圍也沒人想把槍放下，但我卻注意到更重要的事情。

「大哥，君君呢？她沒事吧？」

剛才完全沒看見雷電能力，君君該不會真的有事吧？可大哥好端端的，小妹不可能出事啊！

大哥簡短的說：「她沒事，你有事！」

放心了，又提起心來，我只好再次扭頭看斬鳳，哀求：「鳳，這是我大哥，你們之間是不是有什麼誤會？」

斬鳳簡短解釋：「他搶了我的狼人。」

大哥卻是一揚眉，「如果我沒記錯，那隻狼人是我先下的手。」

「我先下的手，但他跑了，我正在追。他的右腿受了傷。」

聞言，大哥皺了皺眉，我連忙露出可憐兮兮的哀求表情，他才終於放下槍，雖然表情還是很冷冽，一副要生啃弟弟的模樣。

見狀，斬鳳也乾脆地收起槍，周圍的人雖搞不清楚狀況，但顯然很聽話，紛紛跟著收槍。

我才鬆了口氣，一個軟軟香香的身子就突然撲進懷裡。

「二哥！」

正想著君君這聲「二哥」喊得中氣十足清脆響亮，肯定沒事的時候，我整個人被猛力往後一拖，緊緊抱住不放，窒息的感覺都快有了。

不用回頭看都知道是誰抓住我，背後又大又軟的觸感實在太熟悉了，我立刻強調說：「那是我妹妹，親妹妹！看那張臉，和我長得特別像吧！」

親的，不能結婚的那種妹妹，絕對不是乾妹妹！這點要特別強調，因為我覺得氣溫高得好像在烤箱似的，身上的羽絨背心都快要聞到融化的塑膠味了。

君君還保持在雙手環抱的姿勢，有點反應不過來，看見我被斬鳳摟住不放，她眨了眨眼，一臉稀奇的說：「二哥，你怎麼讓她強抱你啊？」

……是不是該給全疆域都來堂國文課？

噗哧！

周圍紛紛傳來悶笑聲，剛才對峙的緊張氣氛蕩然無存，我勸了老半天都沒用，妹妹一出，笑果十足！

「鳳，可以放開我嗎？」我略無奈的說：「我覺得有點熱。」

靳鳳立刻放開了，我回頭瞄了一眼，她冷硬的臉上貌似有點紅，看得我驚奇不已，原來猛女也會害羞？是害羞吧？總不是氣紅的吧……

君君走上前來，大眼直盯著我和靳鳳，一臉好奇得要死的模樣。

為了避免兇猛的妹妹現在就開口幫我娶老婆，我連忙介紹：「這是靳鳳，她是靳展的妹妹，連續救了我兩次的救命恩人！」

靳鳳看了過來，對這個介紹顯然有點不高興，我只能無辜地回望，說好等兩年的，總不能才過幾個小時就作廢吧？度日如年也沒這麼快啊！

至此，雙方總算清楚彼此不是敵人，靳鳳將槍徹底收進槍套裡，也吩咐手下收槍，見眾人興致勃勃地圍觀，她語氣不善的下令：「看什麼？還不去把剛打的結晶挖一挖，掃掃剩下的異物，之後我不想在附近看見任何一條狗！」

「是，大姐！」

一眾絕非善類的黑道人士紛紛帶著扼腕的表情，散開去打狗，還朝著唯一沒走的刀疤拚命使眼神，如果不是他們拿著各種武器，我還以為這是一群想打探八卦的家庭主婦。

原本沈一邵還想留下來，被刀疤瞪了幾眼後，只能乖乖跟著其他人走，然後換斬鳳看了刀疤幾眼，後者立刻擺出護衛的姿態，那叫一個忠心耿耿，寧死不離主子，如果他不要拚命偷瞄我家的人，沒準我還真信他留下來是為了保護斬鳳。

斬鳳懶得多理會他，朝著我家大哥和小妹就喊：「疆哥、妹妹，剛才失禮了。」

聽到這稱呼，大哥扯了扯嘴角，妹妹雙眼放光，我突然覺得自家兇猛的妹妹輸了，對面還有更猛的，一言不合就直接叫哥！

大哥看了我一眼，我承認也不是，否認也不行，索性低頭裝死。

沒得到回應，大哥直接忽略稱呼，只說狼人的事，「那隻狼人確實受了傷，他的結晶是妳的。」

斬鳳卻搖頭，解釋：「我追那隻狼人只是因為他之前差點殺了小宇，不是為了結晶，我是傷了他，但如果不是疆哥你們攔下來，或許他能跑掉。」

我怔了怔，居然是為了幫我報仇嗎？

大哥怒瞪過來，低吼：「不是讓你看家嗎？你為什麼會進城，還搞到受傷？」

我只能老實交代：「我看見蘭都有大片閃電，還以為你們遇上危險，一時衝動就衝進城，結果接二連三遇上異物，最後被斬鳳救了。」

話雖這麼說，大哥很清楚我的實力不俗，遇上異物太強，至少能跑得掉，弄到需要被人救，肯定不是正常狀況，但他沒有繼續問下去，只是淡淡看了我一眼，顯然打算回去再逼問。

「你看見的人應該是斬展。」斬鳳解釋：「他就是雷電能力，你們也有人是這種能力？」

「就是我呀！」

君君興高采烈的主動招供，一邊說還一邊靠近斬鳳，闕薇君跟著湊上來，雖然剛剛才偷襲人家，但這點小恩怨顯然無法阻止她聽八卦。

斬鳳一看見君君就移不開眼，冷硬的臉色都柔和了幾分，還忍不住伸手捏捏君君的長馬尾，點頭道：「妹妹長得真可愛，叫我鳳姐就好。」

「鳳姐！」君君立刻順杆爬，「叫我君君就好，二哥都這麼叫我。」

「鳳姐。」闕薇君也跟著笑嘻嘻地喊。

「……」妳哪位啊！跟著叫什麼姐，別以為我不知道，妳和斬鳳正好同年紀！

「鳳姐的能力是火嗎？」君君崇拜的說：「妳好厲害喔！大哥說妳比小殺還強耶！」

鳳姐再次摸摸馬尾，似乎非常喜歡君君的黑長髮，不是我自豪，打小自己就認真護理君君的長髮，養了十年才養成這樣黑直又柔順的頭髮，大家都愛摸呢！

所以我才把君君的頭髮綁成雙馬尾，省得一天到晚被怪叔叔阿姨摸頭，雖然君君並沒有特別討厭被人摸頭髮，然而二哥我覺得不愉悅！自家寶貝不給人隨便摸！

靳鳳直接把馬尾捏在手中把玩，還讚賞道：「妳的雷電能力也很好，練強一點，以後可以保護自己。」

君君高興的說：「二哥也是這麼說，他讓我練成雷電女神，要把所有男人都踩在腳底下呢！」

「喔？」靳鳳若有所思的看了我一眼，「小宇總是和其他人不同。」

有君君這麼可愛的妹妹，哥哥當然要殺光所有靠過來的男人啊！

「對啊！二哥最棒了！比大哥還棒喔！」

君君一臉英雌所見略同的表情，就差沒握住靳鳳的雙手，感動地來個閨蜜宣言。

總覺得小妹賣二哥的速度可能比賣大哥還快……

我憂傷滿懷，還是別看販售過程了，轉過頭去看大哥幹正事，他正在吩咐雲茜和小殺領人跟著去清掃異物，順便收一些物資，連衛生紙這類不起眼的東西都不要放過。

衛生紙確實是種該收很多的物資，雖然上輩子，衛生紙絕對不是我會拿的東西，不能吃又不能喝，體積還大得要命，屁股擦乾淨就能活嗎？

反正逃亡途中，大家聞起來都像腐屍，鼻子的作用就剩下呼吸，根本聞不到味道，屁股隨便抓到什麼擦擦就好，更何況，大半時間都餓得沒東西可以出來呢！

大哥一看到我在注意他，朝我招了招手。

我有點疑惑地走過去，大哥說：「書宇，我們沒找到上官辰洋，但是小殺懷疑他在附近，幾次都感覺到有窺視的目光，卻始終找不到人，小殺認為有這種能力的人很可能是他，剛才斬鳳出手攻擊，我們還以為是上官家終於出手了。」

我皺了皺眉，「我也遇過上官家的軍人，他們應該投了不少人在蘭都。」

現階段，收復蘭都是不可能的，但搜刮物資卻是必須的，尤其軍區的人多，坐吃山空的速度只會比疆域更快，說不定連一週都撐不過去。

大哥瞇了瞇眼，危險的說：「是上官家的人讓你陷入危險？」

「他們有攻擊我，但是沒什麼大礙，幾顆子彈傷不了我。」我避重就輕的說：「是後來遇上一隻大的異物，逃跑後又被犬人包圍，接二連三的，才受了點傷。」

大哥冷狠的說：「下次再有這事，你就永遠別想離開基地！」

關到異物滅絕為止，我懂，不過話說回來，基地沒有人可以攔得住我，包括大哥在內。

「路上搜過警局，裡面沒剩多少東西，手銬倒是很多，你再莽撞，就讓書君跟你二十四小時銬在一起！」

……輸了！我低頭認錯：「對不起，大哥，我再也不敢莽撞了。」

大哥冷冷的看了我一眼，不知信還是不信，但終究沒再糾纏這個話題，他瞄了君君一眼，看她和關薇君還在嘰嘰喳喳地說話，靳鳳則十分有耐心的聽，偶爾點個頭或者回答「不是」。

例如，君君問：「鳳姐喜歡我二哥什麼呢？臉嗎？」

關薇君立刻說：「當然是臉，那張臉這麼搶戲，還能是別的嗎？」

靳鳳點頭，還補充說明：「其實身體也不錯，就是瘦了點。」

兩女的雙眼都要發出雷射光了。

大哥走遠兩步，朝我勾了勾手指，待我乖乖走過去，他立刻開門見山地問：「你跟那個靳鳳是怎麼回事——」

「團長！」

小殺快得像是一陣風捲過來，臉色十分難看，急亂的喊。
「我們被包圍了！」

# 第九章

## 哪家媳婦這麼猛

大哥一個揚眉，仍舊老神在在，這冷靜的神態也影響到小殺，他喘了兩口氣後平靜下來，語氣和緩的把情況說完整。

「我們去蒐集物資的時候，雲茜說剛才鬧得太大，怕會有異物聚集過來，她要去陽台警戒，結果沒看見異物，反而發現外面隱匿著很多人，藏得很專業，絕對不是一般民眾，而且人數眾多，把四周都包圍起來了。」

大哥立刻看向靳鳳，後者皺了皺眉，搖頭。

我緊張了，想跟大哥說靳鳳真的不會這麼做，大哥已經開口說：「暫時結個盟，讓手下都回來。」

對於臨時結盟，靳鳳倒是沒有意見，點了個頭，旁邊的刀疤立刻拿出一支無線電對講機，下令讓所有人立刻往回趕。

我雙眼一亮，這東西好像不錯，可惜上輩子沒什麼機會用到，買物資的時候根本沒想到這個，大哥那邊大概是不了解情況加上時間不夠，所以也沒有拿這玩意兒，有機會應該搞一些回來，對於日後的大規模行動很有幫助。

「想要？」靳鳳注意到我的視線。

我點了頭。

「我那裡很多，之後送幾支給疆哥和小妹當見面禮。」

這……我還是點了頭，雖然拿人的手軟，但是命都欠了兩條，正所謂債多了不愁，以後慢慢還吧。

等斬鳳的人到了，雲茜派的人也跟著回來，那名軍人直說：「他們似乎有意思要先談談，派了兩個沒拿槍的人站在大樓前。」

聞言，大哥看向斬鳳，客氣地詢問：「妳打算怎麼做？」

斬鳳卻是看了我一眼，隨意地回答：「讓你決定，這裡離我們的基地太近，我已經派人回去通知斬展，需要拖一點時間讓他把人手都叫回基地，要談或者開打，都行。」

「原來你們已經有基地了，不愧是斬家，手腳夠快。」

「疆家也不錯。」斬鳳淡淡的說：「聽說你們的基地挺大。」

大哥瞪了我一眼，滿是「美色誤弟」的痛心，但我啥都沒有透露過啊，大哥，是你自己露餡啦！斬鳳不過是在試探而已。

我猛力搖頭擺手，不關弟事，是哥你傻！

大哥一頓，似乎明白過來，臉色略有些尷尬，立刻把話題扯開，當作上一分鐘的事情沒發生過。

「既然需要拖時間，那就和對方先談談，他們派了兩個人，那麼我方派一個，你們也一個，這麼安排應該可以？」

斬鳳朝刀疤一個點頭，刀疤站出來，扯開超醜的笑臉，「沒問題啊，我們這方就由我刀疤來，反正是親家，一切都好說嘛！」

「兩年」是真的被異物吞了吧，怎麼莫名其妙就成親家了？我哀怨地看向斬鳳，對方可有可無的說：「刀疤，別亂喊，叫疆哥。」

刀疤誇張地立正站好，喊：「是，疆哥！」

尼馬，這有差別嗎？

「我方的話……」大哥沉吟。

「團長，我來。」

小殺站出來，這不是好差事，對方有槍，要是一言不合就來個掃射，不死也去半條命，所以斬鳳沒有出面，大哥肯定也不打算自己上。

然而，大哥瞥了小殺一眼，卻說：「不，關薇君妳去。」

我愣了愣，關薇君也眨眨眼，還沒反應過來。

他仔細吩咐：「拖點時間，打探對方深淺，可以辦到？」

大哥這是什麼意思？我皺眉不解，總覺得這樣不好，關薇君會不會以為我們故意把她推到危險的境地？

關薇君卻已經開心地高呼：「沒問題啊，團長，保證拖到你都想叫我閉嘴。」

曾雲茜噗哧笑道：「我肯定妳辦得到！這一路上，團長起碼叫妳閉嘴有五次。」

關薇君笑吟吟的說：「誰叫你們都那麼安靜，我只好一個人講五人份了嘛！」

冰皇的弟弟為什麼會是個粗神經話嘮呢？到底這是原設定，還是換了個身體以後，冰皇親弟的人設就崩了？

「走了。」大哥說：「時間久了，或許他們就會放棄溝通。」

聞言，我想牽起君君放在身邊安心點，結果手伸出去卻抓了個空，妹妹小躍步到斬鳳身邊，亦步亦趨，不停地提問，同時洩漏各式各樣關於二哥的事，例如問斬鳳的胸部到底有多大，沒得到回應前就先說二哥最愛大胸部的女生了。

曾雲茜還插嘴說：「果然是團長的親弟弟，這眼光真是像！」

聞言，君君「啊」了一聲，擔憂地說：「可是薇君姐的胸不大呢！」

瞧這一刀捅得多麼精準！關薇君走在最前面，正聽著大哥的指示，卻忍不住低頭看看胸，哀怨的眼神飄向大哥。

「……如果妳從他們的話中察覺到火藥味，立刻撤退，不用擔心談判破局。」

大哥面不改色的繼續指導。

「喔！」關薇君眼神一亮，幽怨一掃而空，喜孜孜的說：「就知道你關心我的安危。」

大哥扯扯嘴角，無奈地朝我望了一眼過來，我瞬間領悟他的意思，大概就是「我上輩子真的有這種弟弟嗎」。

真的，冰皇掛保證。

看樣子，關薇君距離拿下我大哥，還有幾光年那麼遠，我不再去注意他們，走到小殺身旁，低聲問：「大哥怎麼會派關薇君去？」

小殺倒是不覺得奇怪，解釋：「關薇君之前問如何才能成為核心成員，團長說忠心和功績缺一不可，後來這一路上，她都搶著出手，有時還跟丁駿搶起異物。」

丁駿和關薇君起衝突？呵呵，大哥的前任和現任弟弟都得罪了，丁駿你還要不要更找死一點？

「丁駿能出手了？」

我很訝異，他可是真真正正的普通人，就算金屬異能算是很不錯的能力，但他既不能打，異能也不足以遠距離操作，這能怎麼出手殺異物？

小殺點頭，「一些數量大的異物，個別實力不強，丁駿的能力可以應付，他會射出金屬碎片，效果比槍弱，卻比槍安靜多了，一次射出一堆，對付小異物很好用。」

原來如此，丁駿的能力類型是不錯，雖然阿諾也是金屬能力，但初期他沒辦法金屬化太多身體部位，實用性倒是不如丁駿的能力，至於後期，那就得看各自的努力了。

如果丁駿這傢伙能夠不要敵視我就好了，疆域的高手是越多越好，可惜我被鳥強迫出門晃一圈，讓人家有了可以取而代之的錯覺時，我又大剌剌地回來重登「弟弟」寶座。

對我來說是理所當然，但對丁駿而言，大概是有了希望又破滅，這仇恨值拉得可穩了，雖然丁駿不敢與我起衝突，但年輕氣盛，總忍不住臭臉對我，他大概以為自己本就面癱臉，臭臉應該也沒有多大差別，可惜，差別大了！

反正我是覺得很不爽，想搶哥哥，門兒都沒有！這次回去立刻把丁駿踢出大屋！

到了大樓外，雖說我方是讓關薇君去談，但其實我們人就站在後邊而已，只有大哥因為人太過顯眼，站到更後方的位置，讓我們可以擋住他。

靳鳳倒是沒有這樣的顧慮，大剌剌地站在最前方，末世初期，女人向來不被看在眼裡，哪怕是靳鳳這樣威風凜凜的女人，也會被認為是誰的附庸吧。

一眼望過去，對方有些人和我們一樣站在後方，但絕大多數應該是隱匿起來了。

這些人的裝備看起來有些差異，雖然他們極力隱藏，交錯站立，但只能騙騙一般民眾，不說裝備，就是神態都明顯不同，有些應該是職業級的，可能是軍人或者傭兵，有些就只是單純的保鑣吧，負責看門的那種。

對方派出來的兩人，一個橫眉豎目，但絕對是隻紙老虎，另一個長得倒是比較文氣，卻比另一人稍微有些意思，光看那個站姿就知道是職業級的。

呃，等等，這張臉好像有點熟悉，不是我記性差，對方戴著鋼盔，身上的裝備又和其他人差不多，能有些眼熟已經不錯了。

「你們好，我是何久。」那人客氣地跟刀疤和關薇君打招呼。

是之前聖母心發作時救過的上官家軍人！

我連忙在後方的人群中探了探，果然發現唐良的身影，他站在一群「保鑣」的中間，臉上帶著道疤痕，倒不至於平凡無奇，但是旁邊那人的肌肉就像座高低起伏的山，襯得他看起來沒那麼顯眼了。

「你好。」關薇君笑咪咪的說：「叫我小君就好，我旁邊這位是刀疤哥。」

就這麼走過去的一瞬間，妳連名字都打聽好了，或許大哥派關薇君過去，還真是公事公辦。

關薇君轉頭看了一下刀疤，見他姿態擺得痞痞的，沒有說話的意思，這才自己先開口了。

「不知道何先生找我們有什麼事？」

何久還來不及說話，旁邊的保鑣就罵罵咧咧：「這是我們陳氏的大樓，你們識相的就放下物資滾，要知道，你們這是搶劫！」

聞言，我方一陣無語，要這樣定義，不搶劫的人類都剩下死人了吧？畢竟現在要吃東西只能「搶劫」了，就是想打獵維生，野外的動植物可不是一般人惹得起的。

關薇君兩手一攤，無奈的說：「這位大哥，現在這種世界，搶劫好歹也得從人身上搶，我們只是撿撿東西吃，哪裡就搶劫了？」

「這確實是陳氏的大樓。」何久的臉有些僵，似乎也覺得旁邊的同夥有點讓人無言。

「這有可能是兩夥人。」大哥低聲指導我，「他們一個說『我們陳氏大樓』，另一人卻說這是『陳氏的大樓』，聽出差別了嗎？」

我點頭，大哥不愧是大哥，兩句話就能推斷出真相。

「另一方是上官家的人，我在路上看過他們。」

還救過人這點就不用說了吧，要是大哥知道我救人救到差點丟命，鐵定又是手銬和君君一起出動，我可承受不了。

一旁，小殺變了臉色，冷道：「上官家的人？我就知道辰洋有問題。」

等等，只因為有上官家的人在這裡，就能斷定你家堂弟有問題，你對自家的偏見都偏到北極了啊！

曾雲茜同意：「有可能，這陳氏早不來晚不來，偏偏在我們把大樓的異物收拾乾淨才來，小殺一直感覺有人跟蹤，還真有可能是那個辰洋。」

原來如此！我恍然大悟，還想說大哥打個狼人，先是靳鳳後又來陳氏，蘭都這麼大，需不需要搶怪搶得這麼嚴重，一幢大樓都能有三方人馬來搶，那人類收復蘭都還遠嗎？

可惜，這只是螳螂捕蟬黃雀在後，敢不敢自己去打怪啊！

前方，關薇君兩手一攤，說：「那你想怎麼樣啊？咱們明人不說暗話，你挑明了，我考慮考慮嘛！」

保鑣囂張地說：「把東西通通放下就滾，我們就饒你們一條命！」

何久抿了抿嘴，但終究沒說什麼。

關薇君笑了起來，「大哥，你這算盤打得真好，打怪物讓我們來，收戰利品的時候，你才跳出來，滿世界都是怪物，你倒是專門欺負人，既然你不去打怪物，不如把槍交出來，讓我們多打點怪物分你嘛，保證不餓死你。」

保鑣被說得一張臉脹紅，倒是還有點道德感，知道自己做的不道義，可惜知道歸知道，還是沒打算收手。

「女人插什麼嘴！」

說道理說不過，開始性別攻擊了。

關薇君的表情倒是沒怎麼變，估計她當初逃生的一路上，被性別攻擊的次數多到她可以面不改色，倒是靳鳳冷哼一聲；君君嘟了嘟嘴；曾雲茜拋著一顆小小的水球。

呵呵，現在這世界千萬不要小看女人，你永遠都不知道哪個女人可以把你燒焦，哪個電焦，哪個溺斃，至於你面前笑嘻嘻的那個則喜歡用拳頭爆別人頭，雖然通常爆的是異物的腦袋，但人的腦袋可沒有比較硬。

為什麼這個平行世界的猛女這麼多？這應該跟我的重生沒什麼關係吧——喔，不，君君和我的關係可大了，呃，關薇君貌似也有點關聯，靳鳳這位超猛女總該和我無關了吧？

「要命的就快滾！」保鑣擺了擺手上的槍，「再廢話，一槍斃了就甭囉嗦！」

何久嘆了口氣，壓下同夥的槍，說：「別這樣，人家好歹出了力，總不能讓人空手而歸。」

保鑣卻是不服氣地大罵：「這明明就是我們老闆家的東西，憑什麼讓他們拿走。」

兩人的立場看起來不一致，但衝突又不嚴重，這該不會是傳說中的一個扮黑臉，另一個扮好人白臉吧？

「話不是這麼說……」

對方演得歡快，然而身邊都是影帝，這種等級的演技真有點不夠看。我摸了摸口袋，沒有零食可以吃，然而君君看見了，她從背包摸出一包巧克力遞過來。

靳鳳望著我，皺皺眉，我走上前想遞給她，但她拒絕了，還低聲說：「以後會在口袋放點吃的。」

呃，其實我沒那麼貪吃，真的，不過隨身放點高熱量食物是好習慣，就不澄清了。

黑臉白臉唱作俱佳，這都演到該分我們一成還是兩成才公平了，關薇君走到一旁，推開旁邊廢棄車輛，可不是順著輪胎直行的方向推車，而是側邊橫推！

黑臉白臉立刻安靜不說話，她回頭笑著說：「給你們清點空間表演，不用理會我，你們繼續啊。」

一片寂靜中，刀疤放聲大笑，嘲弄的說：「這長舌婦三個字不適合我家妹子，倒是挺合適你們兩個漢子，囉嗦個半天也不知在演些什麼。」

這下不只保鑣臉脹紅，連何久都有些下不來台。

「這麼談吧，我們人手能拿的有限，總不會拿光，剩下的你們自己去掃，我們也不在意，要是還有意見，咱們的槍可不比你們少，還有個大力妹子在，想要東西就來搶！」

刀疤朝後方的唐良一喊：「你怎麼說啊，兄弟？」

何久的臉色真變了，眼神飄向後方，硬是忍住沒回頭，演技能騙騙一般人，奈何我家都是影帝。

唐良一皺眉，直接從人群中走出來，同時還朝另一個人招手示意。

那人穿著和保鑣相同的衣服，但整個人的氣質相當不同，身材不上不下，不會壯得像山丘，但也不至於像隻白斬雞。

兩人一站出來，還真是不同氣勢，同時，大哥也走出去，就站在斬鳳旁邊，斬鳳原本就站在最前方，連動都不用動，老神在在的站著，單手插在口袋，怎麼看怎麼酷！

君君突然傾身過來耳語：「二哥，你還是把鳳姐抓緊點吧，她和大哥站在一起看起來真的好相配喔，雖然大哥不會跟你搶，可是他也沒跟你搶薇君姐，人家就自己跟上去了，你也不能怪大哥。」

聞言，我朝前方兩人看去，威武大哥和酷帥猛女站在一起看起來還真是一對的，強強搭配，征服世界，看得我的心情好複雜呀……

還來不及說話，君君又自問自答了，「不過鳳姐好像真的很喜歡二哥你呢，這次應該不會被搶走了。」

什麼叫這次，壓根沒有上次好嗎！闕薇君那貨不用搶，我求帶走！

這時，唐良和另一人只是稍加打量，似乎已經確認大哥和靳鳳確實是領頭人，不再是幌子，或者，根本以為大哥才是領頭人，靳鳳只是他的女人。

君君低聲說：「二哥你臉別這麼臭嘛，鳳姐等等就不站在大哥旁邊了，你別吃這麼大醋。」

「……別胡說了，快注意情況！」

「才沒胡說。」君君咕噥完，認真看起前方狀況。

「操——」唐良一開口就是個髒字，我家大哥眉毛一揚，他不耐煩地抓了抓腦袋，率先道了個歉：「我這嘴就是這樣臭，你別理我，聽咱說正事就好。」

大哥慢條斯理的說：「如果只有我，那是無所謂，但我妹妹在，你的嘴還是放乾淨點。」

唐良看了靳鳳一眼，顯然把她當成「妹妹」，大哥雖發覺卻沒開口指正，靳鳳也沒說話，兩人都沒打算介紹得太詳細，不需要讓對方知道我們是兩夥人。

唐良胡亂點了個頭，直說：「老子……我們這火力，沒必要搶你們的戰利品，我們本來就是來收復這幢大樓，只是晚到一步，沒故意等到你們把裡面的怪物打完才過來。」

見對方的態度開誠布公，大哥坦承地說：「就算我信你，但現在這世界是先到者得，你們應該也沒少侵入別人的產業去搶劫，就不用拿這套來說嘴。」

唐良看向旁邊的人，「人家都這麼說了，你大爺的也開口說句話！」

「你好，我是陳儒賢，不知貴姓大名？」

對方說話，這一開口，就顯得他和旁邊人的格格不入。

大哥既沒拿喬，似乎也沒打算隱姓埋名，直報：「疆書天。」

陳儒賢頷首，說：「這是我陳氏的大樓，裡面的東西都屬於我們，不管現在是什麼世界，相信你也不會讓別人進到你家搬東西吧？」

大哥只是淡淡地說：「既然我已離開，留在家裡的東西，不讓人搬去救命，難道還得留到爛才高興？」

這話沒錯，雖然我們的家讓冰皇毀得那叫一個殘磚破瓦，最後還放一招大絕，整個地下室的東西都化為塵埃，想讓人搬都沒法。

「但屋主已經回來了——」

大哥不耐的說：「既然你走了，那就不再是屋主！我們撿走一批物資，其餘的留給你們，這不是談判底線，我們沒在談判，這只是告訴你一聲，蘭都夠大，我們懶得跟你計較這點東西，但若是想從我手中咬出已到手的物資，不可能！」

陳儒賢顯然不太會處理這種沒得談的談判方式，皺眉看向唐良。

唐良老實說道：「這小子說的倒是還算有理，不管這是啥老子的家，他們解決裡面的怪物可不簡單，他奶奶的光想想用掉的彈藥就心疼，搞不好還得傷亡幾個兄弟，你只想分個一兩成就了事，是我也不幹這種虧本的事！」

聞言，陳儒賢的眉頭都皺成川字型了，為難地問：「你們打算撿走多少？這不是倉庫，只是大樓，雖然有餐廳，還有一些備品，但東西恐怕也多不到哪去，如果你們撿走太多，我沒辦法對家裡人交代。」

大哥看了靳鳳一眼，後者這時才終於開口說：「既然他們有火力，去別幢大樓闖闖，要多少收穫沒有？在這裡和我們嗶嗶個不停，就是覺得我們比異物好欺負，沒膽打異物的孬種，話說再多，褲子裡也沒鳥！」

陳儒賢的臉色一變。

唐良怒極反笑地說：「操你奶奶的，就這種妹妹，還需要老子把嘴巴放乾淨幹啥，方便你妹子塞糞過來嗎？」

靳鳳坦然地說：「你認錯人，我是他弟媳，不是妹妹。」

「……」交往省了，結婚也省了，兩年被吞掉了，直接變弟媳了！我只能「呵呵」了。

衣袖被抓了一下，我扭頭一看，真・妹妹悲憤地說：「二哥你怎能偷偷去結婚，說好人家要當伴娘的呀！」

不不不，妳二哥我肯定沒跟妳說好這種事情，十八歲預定什麼伴娘！更何況，伴娘是新娘那邊出的人啊，妳是要把妳二哥嫁出去嗎？

這聲「弟媳」來得太突兀，現場的畫風瞬間有些變調，幸好其他人比較靠譜，扭了一下，還是把畫風扭回緊張的雙方持槍對峙氛圍。

陳儒賢一直有些緊張，隨著我方不肯讓出物資，關薇君的大力演示，還有我家大哥一站出去，他緊張的程度越來越高了，努力不握緊拳頭洩漏心中的情緒，卻沒發現手抖得厲害。

唐良本不想說話，但在陳儒賢的注視下，還是開口說：「老子接獲的任務只有協助你回收陳氏大樓物資，其他的可不關咱事，不是我沒鳥，是我沒這個任務！」最後一句還特別盯著靳鳳說。

聞言，陳儒賢抿了抿嘴，鬆口說：「其他東西可以撿你們留下來的，但鹽、糖和藥品必須留下。」

我想了想，鹽應該不是目前緊要的物資，末日前去超市搜刮的時候，鹽山都收了一座，末世可不是天天能夠吃得鈉含量過高的時候，鹽的分量只要符合人體需求就夠了。

其他兩樣更不是必需品，糖多少能補充熱量，但我家還有巧克力吃呢！醫藥品更不用說，疆域現在戰鬥的人太少，老百姓根本沒法打，不能派出去怎麼受傷，少數重要人士受傷也有大哥在呢！

大哥這次甚至沒看靳鳳就直接點頭同意，後者奇怪地望了他一眼，略帶些不悅的神色。

「沒問題吧，弟媳？」大哥這才補充問了一句。

靳鳳把不悅收得乾乾淨淨，俐落地同意：「沒有，大哥你作主就好。」

連「疆」字都不加了啊！

總有種這次是被大哥賣掉的感覺……

「這次算你們走運。」大哥淡淡地跟對方說：「我們已經收得差不多了，除了大廳的東西不能拿，你們可以進去收了，早點收完早點走，等異物集結起來，你們想走也走不了。」

唐良皺眉說：「等會兒啊，一直聽你說啥異物異物的，那些怪物叫異物？你到底知道些什麼玩意兒？這末世——」

突來的槍響打斷他的話，我反應過來時，已經看見大哥的姿勢變了，他側過身，一手擋在額前，顯然剛才的槍響，目標是他的腦袋！

雖然知道大哥已經上二階，一般的槍即使打中頭也不能殺死他，但我的心臟還是忍不住越跳越快，血液整個上湧，簡直能沖爆腦袋！

顯然暴怒的人不只有我，所有疆域的人立刻拔槍對準敵方，連那些兵都不例外，拔槍的速度絕對是專業的，靳鳳的人反應慢些，但也只是比不上專業的軍人，相較於一般人，這些黑道人士的冷靜和反應速度已經是神隊友級別。

唐良臉色變了，看著不像是對這攻擊知情的人，然而拔槍的速度卻沒因此慢下來，他們那方也全都拔了槍。

「不是咱幹的事！」唐良第一時間澄清，但這不妨礙他把槍口對準我家大哥。

大哥放下手，一道血痕從他的側額流到脖子上，刺目得我感覺眼前一片紅。

沒完全閃過也沒來得及分解子彈，如果大哥的反應再慢一些，這子彈就不是擦過去，而是卡在他頭上！

「二哥，好冷啊。」書君小聲提醒。

我努力克制收斂，幸好現在是冬天，然而，再次響起的槍聲打爆這番努力，這一次，大哥有了防備，來得及分解子彈，並沒有再次受傷，但我仍舊有股不顧一切凍死對面所有人的衝動！

書君抓住我的手，凍得倒吸一口氣，先是反射性放開，接著又不顧一切地握緊，這讓我不得不冷靜下來，免得傷著這傻妹妹，但小殺卻衝了出去，在風的加持之下，快得讓人反應不及。

看見小殺衝出去的背影，雖不知原因，但我想跟上去時，熾亮的白光一閃，不是任何一種自己認識的異能，然而雙眼已經被強光刺得只剩一片白茫，什麼也看不見——

大哥！小殺！

# 第十章

# 湛疆基地

光應該散了，但眼睛還沒適應過來，仍舊看不清東西，只見一片白茫中佇立著許多人影。

我急得不行，若不是君君就在身邊，真的會直接衝上去吧，但現在就是想喊兩聲都不行，眾人都看不見，隨便一點動靜都可能引來攻擊。

「所有人都不准動！」

大哥喝道，於此同時還放出威壓，他的威壓給人的感受和我的大不相同，我的威壓能讓人凍進骨子裡，大哥的威壓則是讓人動都不敢動，彷彿一個動作就會化為塵埃，特別適合用在這時候，只要沒人先衝動開槍，應該就不至於引起連鎖反應，到時雙方死光光還不知怎麼打起來的。

「到底誰他媽開的槍？」唐良不爽的怒吼：「手滑就說一聲，保證不打死你，等等要是發現誰少了子彈，老子親手斃了你！」

連開兩槍，這都硬說是手滑，唐良還真不只是他外表那般大大咧咧，頗有幾分睜眼說瞎話的能耐。

周圍的景物漸漸清晰起來，我慢慢可以看清現場的狀況，其他人的眼神飄忽，看起來仍舊是睜眼瞎，這異能果真不只是光，還有暫時讓人失明的功能，只是施展的人能力不夠，就算突如其來一招，也只能讓我瞎個幾秒。

小殺居然已經跑到對面去了，甚至超過唐良的位置，但他並不敢繼續動作，不管原本的目標到底是誰，他的前方擋著好幾個人，失去視力的情況下，不小心動到誰都可能引來一陣大混戰。

他的目標到底是誰呢？我打量著小殺面對的方向，那邊的人數挺多，而且每個人的表情在失明的狀況下，全都顯得有些慌亂，並不好判斷有問題的人是誰。

「手滑？這藉口也找得太隨便了點。」大哥冷「哼」一聲，說話的同時還朝小殺的方向走過去，顯然他的視力也恢復了。

哪怕大哥的腳步放得很輕，幾乎沒有聲響，但唐良卻還是發現了，或許他的能力真屬於精神系，他發出警告：「嘿！嘿！對面的傢伙管好底下人，別讓他們亂動！你不想自己的弟兄都被掃成蜂窩吧？」

大哥停下腳步，回頭看了我一眼，我朝他眨眨眼表示自己看得見，他放心了，回頭對唐良說：「你底下人亂開槍，顯然你根本管不好他們，我又何必管好我的人。」

唐良罵罵咧咧：「操，那搞不好根本不是我的人，是你仇家也說不定！開槍的動靜這麼大，我的人又不是聾子，怎能沒誰聽見是哪個在搞鬼！」

大哥慢條斯理的說：「或許全都在搞鬼。」

「操……」

大哥和唐良爭辯時，小殺遲疑了一下，慢慢朝大哥的位置後退，他的動作極輕，大哥又不時用話去激唐良，偶爾還故意走兩步，這一次，唐良終於沒有再發現異狀，直到這時，我才明白大哥走上前的意思，原來是想接應小殺回來。

但是，唐良剛說的話挺有道理，開槍的動靜那麼大，如果真是他隊伍中人下的手，不可能沒人發現，所以只有兩個可能，唐良根本在演戲，二者，真不是他的人開槍。

然而，小殺剛才確實是跑向唐良的隊伍——等等！我瞇起眼睛，唐良隊伍的最後面竟有一個人在……漸漸變暗？

那是一個年紀挺輕的男人，他的神色似乎比其他人更緊張一些，明明已經吊在隊伍尾巴，他的腳步卻還在慢慢後退，明明周圍並沒有遮蔽物，根本沒有陰影會讓他變暗——不不，這不是變暗，完全就是變黑呀！

就這麼幾秒鐘，他整個胸口都黑了，別說陰影，這要泡進墨汁才能變得這麼黑吧！

黑影人，上官辰洋！

難怪小殺會突然衝出去，他發現開槍的人是自家堂弟，想直接去把人抓住再說，可惜突來的光打斷他的行動，不知道這陣光是上官辰洋的能力，還是其他人的支援，而唐良是否真不知情……

聽到道歉的聲音，我瞄了一眼過去，只見刀疤暴怒，一張臉都扭曲成地獄惡鬼，他的視力顯然恢復了，一把掐住沈一郚的脖子，大有把對方活活掐死的意圖——等等，聽說沈一郚這傢伙好像擁有發光能力？

「對、對不起！」

原來是豬隊友惹的禍！

雖然他應該是好意，見到我家大哥被攻擊，情急之下才發光，但這招來得真不是時候，若不是雙方領頭人都夠冷靜，而且隊伍的素質也好，恐怕兩方早在失明當下就互相掃射一番，現在有多少人還活著可真難說！

不管沈一郚會不會被掐死，我都不再注意他了，這禍闖得太大，被掐死也是活該。

此時，上官辰洋才是重點，他現在已經全然變黑了，只是還沒恢復到以前那種黑如影的程度，隱約還能看到五官。

但他似乎沒發現自己沒那麼黑了，只是照往常隱入陰影之中，還一副老神在在的模樣，但連我都看得出他在哪，更別提小殺。

「刀疤，別掐死沈一邵。」我連忙阻止刀疤繼續謀殺大業，「那個開槍的傢伙好像被他的光照出來了，你看那個黑色的人影。」

刀疤一皺眉，朝我暗中指的方向瞄過去，剛開始還沒看出什麼，畢竟上官辰洋整個人是黑的，不容易發現，幸好刀疤不是一般人，他仔細觀察後嚇了一跳，這才鬆開手。

沈一邵咳得滿臉通紅，撫著脖子驚魂未定，但刀疤應該有留手，否則以他的手勁，直接捏斷脖子都不是難事，根本不需要慢慢掐，除非他有特殊癖好……

這時，唐良也發現不對勁，看向我家大哥，不滿的說：「老子就說你管不住底下人，後面都鬧得像是開了一間菜市場啦，你也不管管，真當自己來賣菜的？」

大哥回頭看刀疤，冷冷地問：「你們在鬧些什麼？」

我還在猶豫要怎麼開口點出上官辰洋時，刀疤主動跳出來，直指：「開槍的人在那裡！」

所有人都朝刀疤指的方向看，這讓上官辰洋措手不及，連躲都來不及，只能硬挺挺的裝陰影。

唐良暴怒的吼：「上官辰鴻的鬼子！」

嗯？這語氣和內容怎麼聽起來不太對，難道這傢伙不是上官辰鴻的手下？不是說，上官家傾向軍方的人就是辰鴻嗎？這豪門世家真讓我覺得頭大。
吼完，唐良還直接開槍了。
「所有人都給我圍住那黑子，要是給他跑了，老子讓你們到地獄操練一遭！」
唐良暴怒的吼聲震天，我甚至覺得他對上官辰洋甚至比對我們這些人要火大多了，圍捕的動作這麼迅捷，比起剛剛談判想讓我們交出物資的動作，積極三倍不止。
同樣憤怒的人還有小殺，他氣道：「那傢伙果然在說謊，什麼被趕出來，我就不該聽他鬼扯！他從以前就是油嘴滑舌的傢伙，居然還投靠上官辰鴻，他明明就是上官辰裕的異母兄弟。」
呵呵，真的不是很懂你們土豪的世界，我放棄梳理這豪門鄉土劇的關係，反正現在先把黑影人抓起來總沒錯的！
「幫忙發個光。」我拍拍沈一邵，「朝那人發光，別亮過頭了，你把光凝成一束，像手電筒那樣，直射過去照亮他一個人就好。」
沈一邵手足無措的說：「我、我不會。」
我抓起他的雙手，兩掌圍成筒狀，說：「把光聚在掌心，然後直線射出去，一點都不難，你別想著不會，既然都學會走路了，肯定也會跑步的！」

當然，異能的運用不是這麼簡單的事情，但是我覺得沈一邵這個人嘛，多給點鼓勵，說不定就能創造奇蹟，他之前那個亮光爆發可不是蓋的，絕對不是普通的光而已，能夠讓我瞎幾秒，這威脅性都不比一階異物來得低。

沈一邵的掌心漸漸發出光芒，像顆光球般，亮度忽明忽暗很不穩定，像是隨時都會爆炸。

我連忙說了句：「直線，不是圓形。」

說完的同時，強光還真的直線射出去……但射歪了，差點把唐良的手下照瞎。

我挪挪沈一邵的手，這才正了位置，直接照在上官辰洋的胸口，他整個人從胸前開始「變白」，原本已經快恢復成黑影人，這下子前功盡棄，變回一般有色人種。

上官辰洋看起來卻沒有驚慌失措，他只是垂頭看著自己的手，連自己被重重包圍都顧不上。

唐良衝到他面前，槍口直接指著他腦袋，逼問：「你他奶奶的到底想幹啥？給我想清楚再答，不然小心你的腦袋開花！」

上官辰洋卻不理他，放下手就抬頭高喊：「堂哥，我決定今後跟著你了，只要你能讓我保持人樣，我這輩子都不會背叛你！」

聞言，小殺臭著一張臉，顯然不想接收這個禍害，但他理智的沒有一口拒絕，而是趁機問：「你為什麼對我的團長開槍？」

上官辰洋好整以暇的說：「唐良被派出來和陳家合作，辰鴻不想看他成功帶回和陳家約定好的物資，所以派我跟蹤唐良的隊伍，遇到機會就讓他們減員，要是全滅掉更好，因為他們是你哥唯一擁有的武裝隊伍，要是沒了，他在基地的威望再高，手裡沒兵也沒有用。」

聞言，唐良都要氣瘋了，但上官辰洋的最後一段話卻讓他一怔，扭頭看向小殺，脫口：「操，那小子該不是上官辰沙？」

小殺冷漠地看著對方，連回應都沒有。

唐良抓了抓頭，「你和照片上的模樣有點差距啊，老闆一直在找你，我的任務之一也是要打聽你的下落，沒想到……」

他乾笑兩聲。

我想，他大概是根本沒把這任務列為重點，才根本沒發現小殺的存在。

小殺冷冷的說：「我已經脫離上官家，更和上官辰皓沒有關係！」

唐良似乎還有什麼話想說，卻礙於周圍人太多，他又不好說，索性轉移目標去和我大哥說話。

他哈哈笑說：「這真是大水沖了龍王廟，自家人打自家人，既然我們老闆的親弟弟在你們那裡，我們肯定不是敵人，一切都是這鬼子的錯！操，想陷害老子，門都沒有！」

所有人看向「鬼子」的時候，上官辰洋卻低頭看著自己的手，他身上已經開始變黑了，這種能力還真是詭異，雖然更容易生存，但我想應該還是沒人會想選擇這種能力。

上官辰洋抬起頭來，表情有些陰鬱，但隨即用笑掩飾過去。

「堂哥，我有一個很重要的消息，你鐵定想知道，不如我們來做個交易如何？」

小殺怒道：「你說的話沒半句可信！」

上官辰洋深呼吸一口氣，沉重的說：「你看看我這樣子，現在還有什麼事情比像個人更重要的嗎？我可以發任何誓，只要你讓我保持人樣，我保證從此以後你叫我學狗叫我都叫！」

聞言，小殺一僵，然後看向我。

為啥要看我呢？我又沒法讓他像個人，沈一邵才行，然而沈一邵卻不是我的手下，甚至都不是疆域的人。

或者，乾脆把他收來當手下？還可以順便讓他遠離鳳……咳！我的意思是，這成事不足敗事有餘的傢伙還是遠離靳鳳，免得拖累她，可不是每次都能有這次的好運氣，沒釀下大禍。

想想真是一舉數得，心動不如行動，我立刻扭頭問：「鳳，妳能把沈一邵給我嗎？」

聞言，沈一邵一怔，卻沒有開口反對，想來刀疤剛才真嚇到他了。

「給。」靳鳳乾脆的說。

得來全不費工夫，真怕自己被靳鳳寵壞了，以後變成飯來張口的小白臉──雖然說現在貌似已經是了。

我朝小殺一個點頭，不管怎樣，先把所謂的消息套出來，之後要怎樣做，看看對方的表現再說。

「還不說消息？」小殺冷道。

上官辰洋瞪著沈一邵，後者自動領悟，射了一道光過去，維持住他的色彩。

上官辰洋滿意了，不拖泥帶水的直說：「上官辰鴻領著一夥兵去懷古小鎮了，我猜得沒錯的話，那裡應該是你們的基地吧？我也不瞞你，就是我跟他說的，上一次你進蘭都，來的那個方向也就只有懷古小鎮。

「本來我想跟著你們回去看看狀況，如果是個不錯的地方，可以通知辰鴻搶下來，但你們一直沒回來，我只能放棄探查，直接回去報告。」

尼馬，小殺對上官家的偏見是對的，當初就該一匕首解決這傢伙

「辰鴻發現懷古小鎮的地點非常好，地勢高，可以眺望得很遠，雖然離蘭都很近，卻易守難攻，所以他決定要把那裡打下來當作──」

「他是什麼時間出發？」大哥打斷他的話。

面對大哥，上官辰洋不敢輕視，慎重回答：「不知道，唐良出來的時候，我就被派來給他找麻煩。」

大哥瞇起雙眼，大有你既沒用留你何用的意思。

上官辰洋連忙說：「頂多兩天前出發，不會更早了。上官家內部很亂，上官辰鴻還不能自己說要出兵就出兵，除非他願意只派自己的私兵，但他絕不是那種願意獨自出力的人，就算想解決唐良，他也只肯派我過來。」

兩天，如果行軍快一點，恐怕都到我們家門口了！

聽到這時間，大哥扭頭對自己人說：「所有人放下不必要的東西，包括物資在內，只帶上必需品，十分鐘後原地集合出發。」

說完，他對靳鳳說：「這些物資就留給妳。」

靳鳳點了頭，也不打算佔便宜，直說：「我用軍火跟你換。」

看大哥本想開口說話，似乎是不打算收下，但見刀疤拿過來的只有幾把武器，卻是相當稀缺的連發衝鋒槍，對於兩支隊伍對戰相當有幫助，他也沒有再開口拒絕。

「上官家到底帶了多少人過去？」

小殺逼問著上官辰洋，對方看了下我們的人馬，無奈地說：「確切人數不知道，但要派去攻打一個根據地，就算他們很小看你們，三、四百個總是有的，你們這些人要對付上官家，遠遠不夠，希望你們……不，我們基地能有更多人，現在我和你們可是在同一條船上了。」

聽到這人數，大哥的臉都沉了下去，三、四百人聽起來沒很多，之前光是溫家諾和陳彥青就領了兩百多人過來，但對我們疆域根本沒有威脅性，因為他們真正的武裝人士只有四十人，而且手上的槍根本沒剩多少子彈。

上官家的人從軍區出來，肯定是全副武裝，三四百人槍械齊發，就算上了三階都得被彈海掃得暫避鋒芒。

靳鳳開口說：「靳展過來了，你們若是晚點走，可以跟他談談合作，這個上官家今天會出手搶你們的基地，以後多半會來搶我們的物資，我們和他們對上也是遲早的事。」

上官辰洋比向唐良，為了保命和維持人樣，積極地說：「你們還可以和他談，上官家不是上官辰鴻一個人說了算，上官辰皓現在也還能說得上話，他本來就反對動手搶別人的地盤和糧食，而且和辰鴻完全不對盤，肯定希望看到對方倒楣！」

我對這話持保留態度，給上官辰鴻找點麻煩或許可以，但那三四百人畢竟是上官家的人，小殺他哥真會幫我們嗎——也難說，土豪的世界我不懂，說不定為了掌權，三四百人的命也是一塊小蛋糕，幾口都吃光了。

唐良趕忙說：「老子可沒法作這個主，至少得跟老闆聯絡。」

說完，他又補充：「就算不能光明正大地幫你們，偷給點軍火應該沒妨礙，上官辰鴻已經拿下大部分兵力，再讓他得到你們的根據地，我們也沒活路了。」

看見大哥緊皺的眉頭，他若是想得到靳家和上官家的幫助，那就不能直接回去。

我低聲說：「大哥，你幫我治療一下，我先帶著小殺和雲茜趕回去。」

大哥急斥：「上官家這麼多人，你領著兩個人回去又能做什麼？」

我沉默了一下，若有所指地說：「大哥，現在的天氣太冷了，對絕大多數沒吃過結晶的人來說更冷，帶著小殺和雲茜，若只是守住基地，我能做的事情很多。」

「還有我，帶我回去！」君君跟著說：「我有雷電能力！」

這……雷電能力還真是有大用！現在的人可不能抗電，君君加上雲茜，再來個小殺，尼馬，見過帶電水龍捲沒有，反正我是沒看過，感覺就是個大絕招，放下去簡直能逆轉勝！

但是，弟弟妹妹一起回家面對三四百人武裝軍隊，大哥能放心才怪，設身處地想想，讓我看著大哥和小妹去對付軍隊，我卻不在現場，這能哭出兩條冰柱來了。

大哥抿了抿嘴唇，說：「好，妳跟妳二哥回去。」

……等等，這不是我家大哥吧？肯定是冰皇來著吧？

「我也回去！」關薇君急忙跟著應和，這可稀罕了，她居然不想待在我家大哥身邊？

我搖頭說：「妳的能力要等不怕子彈才能上這種槍林彈雨的戰場，這次不用回去了，當當我大哥的保鑣吧。」

她慌得說：「可、可我媽還在小鎮裡呀！」

聽到這話，我才恍然大悟關薇君想跟回去的原因，看她這麼慌，我的心裡終於釋懷了，這輩子，媽有個活潑開朗又孝順的女兒，而我最重要的人也已經不是她，方才甚至都沒想到這點，只有想著大哥和小妹，就算是叔叔和嬸嬸，重要性都不比上輩子的母親低。

就算還有「關薇君」的記憶，然而我已經不是她了。

「妳放心吧！」我指了指書君，說：「我家妹妹都跟我回去了，妳想我會讓任何人進入基地嗎？就算懷古小鎮只是我們疆域暫時的基地，也絕對不容任何人染指！」

關薇君有些訝異，我才想起來這傢伙根本不知道我的實力，但這也無所謂了，她遲早會成為核心成員，我有這種預感。

應該說，如果她沒有那個潛力，大哥壓根就不會帶她出門，從以前，他挑團員的眼光和運氣都好得讓同行讚嘆，走個小巷抄捷徑都能撿個小殺回來啊！

靠，疆家運氣糟的人該不會真的只有我……

關薇君一口應下，「好，那你保護我媽，我保護你大哥！」

這時，大哥在我手上塞了一把東西，全是進化結晶，裡面居然還有一顆二階結晶，這應該是那隻狼人的結晶吧？

接著他又塞兩把衝鋒槍和大批子彈到小殺和雲茜手裡，這才說：「我會盡快回到家，這段期間，基地就交給你了。」

這話說出來，旁邊的人都十分驚奇，刀疤和上官辰洋，簡直是看著大哥把家交給十歲小孩的表情。

我慎重保證：「放心吧，大哥，我一定會保護好咱家暫時的基地。」

闕薇君噗哧笑說：「暫時的疆域基地，你該不會是想這麼對上官家來的人說吧？真是有夠沒氣勢！」

我無奈地看著她，不然要怎麼說？疆域傭兵團？這可不行，三百人中只有十來個是傭兵團的人。

或者直接說我們是疆域基地——不，「疆域」這個詞是要保留給更大的地方，我們疆域才不會龜居在小小的懷古小鎮！

疆域一詞是要保留給更大的區域，像是蘭都，甚至更遼闊……

「既然是暫時的疆域基地，那就叫暫疆基地吧。」

大哥拍板定案。

這取名能力也是槓槓的，上面一個鴨蛋下面兩槓這種槓槓的，但大哥說的永遠是對的，弟弟不會反駁，頂多暗搓搓的偷換一丁點。

湛疆基地。

這聽起來是個正常的基地名稱了。

「好，不管是上官、什麼家或什麼族，沒有任何人可以動我們湛疆基地！」

豪氣萬千的宣言說完，發現旁邊人都露出同一種表情，大約就是大人微笑看著小孩說他的夢想是想當總統。

我只是想當冰皇，不想當總統，真的。

靳鳳摸摸孩子的頭，說：「等我，跟靳展交代完後，我很快就過去救你。」

等等，救兩次還不夠嗎？我已經還不完了呢！

在旁人的竊笑之下，她抓起我的手，在上頭放了一顆東西，結晶，二階。

我默然，想到之前打蝴蝶打到全身是傷才換來一顆二階結晶，結果這一下就拿到兩顆，真是何德何能……忍不住用雙手握住靳鳳放結晶的那隻手。

「幹嘛呢？」

靳鳳才問完，我已放開手，但她沒有再問，握著拳頭，將冰晶握在掌心，沒讓任何人看見。

「書君、小殺、雲茜，走了！」

雖然只耽擱十來分鐘，但已經太多了，接下來得加緊腳步回到湛疆基地，希望不會太遲，疆域的人不能有任何一點損傷！

路上，幸運地找到兩台有油的摩托車，前進速度快了許多。

一邊狂飆，一邊聽到後座的君君好奇的問：「二哥你剛才是在鳳姐手裡放冰了嗎？我感覺到能量了喔！你做了朵花嗎？還是鳳姐穿公主裝的冰雕呢？」

……鳳穿公主裝，我是不能想像，女王裝可能更合適點，還要戴那種超高超尖銳可以捅死人的王冠。

「都不是。」我咳了聲，說：「總之就是塊冰。」

說完，腰間就一直被手指委屈地戳戳戳，整路戳個不停，等到蘭都外圍撿了輛車，狂飆之際，君君坐在副駕駛座上，嘴嘟到能掛兩斤豬肉上去，委屈的自言自語。

「好想知道冰晶是什麼，二哥都偷偷交往，都沒跟我說，薇君姐說過她絕對不是那種會讓大哥有嫂子就沒妹子的嫂子，最疼人家的二哥卻有嫂子沒妹子……」

我認輸！自己養大的妹妹，養歪也得含淚寵下去！

「是顆心。」

——待續——

# 番外篇

## 孤雷

斬展坐在寬大的黑色辦公椅上，聽著手下說起狄貝特，那個號稱火王的男人傳來訊息，希望可以談談合作收復人類生存的空間。

收復？斬展險些就笑了，那可是多年來的第一個笑容。

「不用再說了。」他意興闌珊，沒多大興趣。

「斬哥，或許，真能合作呢？」手下小心翼翼地說：「異物太多也太強，聽說蘭都的異物王者見人就殺，或許哪天就殺過來了。」

「從哪裡開始『收復』？從狄貝特那裡開始，你想我離開這裡？或者從我們這裡收起，你認為狄貝特肯過來？」

看著手下為難的神情，斬展懷念起他真正得力的手下，呂氏雙胞胎兄弟，他們向來就是最好的，哥哥有勇，弟弟有智，一個安排一個出動，向來不需要他多說什麼，甚至想得比他更多更好。

就是鳳手下的刀疤都比眼前這堆東西好些，可惜……

若是那對雙胞胎還在，或許，還能多一個頂級強者，呂猛人如其名是個猛將，他也就不用困守在這裡動彈不得。

斬展扯了下嘴角，嘲諷的笑了，讓一干手下看得心驚膽戰，還以為自己激怒了神——雷神！

哪來這麼多「若是」，真要說，若是鳳她……

膝蓋重重落地的聲響打斷斬展短暫的恍神，他漠然地看著眾手下跪在地上，用各式各樣惶恐的語氣請罪。

要不是他們嘴裡喊的是「斬哥」，斬展還以為自己身邊肯定有一個古代皇帝，這是在跪皇拜帝呢。

到底是從何時開始，他的手下連膝蓋都不值錢了？

啊，對了，是從阿志私自離開去幫他哥報死仇，結果步上他哥的後塵，一去不回，兄弟倆都死在同一隻異物手下。

當時斬展聽到消息，怒火與失望一時沒控制好，身邊的人全被電個半死，有人差點沒能救回來。

修羅！

總有一天……

斬展的手指間纏繞著幾縷電光，讓底下人嚇得連磕頭都用上了，但斬展並沒有注意到他們磕得乒乓作響的姿態。

他望向遠方，那裡有兩股強大的能量，其中一股甚至讓他感到心驚……

斬展站起身來，只能想到一人——不，是一個異物，十三。

雖然沒有打贏的把握，靳展仍舊打算過去，對方都在這麼近的地方了，哪還容他逃避，除非打算孤身逃走，拋棄整個基地的人，否則就只能迎頭槓上！

「靳哥，你要去哪？」

靳展看了那些慌亂的手下一眼，沒打算帶上人，到了他們這種境界，人數的意義已經不大，帶上也是個死字。

然而等靳展到了現場，情況卻完全出乎他的意料之外，兩股能量已經滅了一股，剩下的，正是讓他心驚的那一方。

一個人影站在巨大的異物身軀，不，「殘屍」前，他的手上散發出一股不弱的能量，應當是握著異物的結晶，卻沒有就此離去的意思，只是這麼靜靜地站著不動。

這人……

時間過去這麼多年，靳展還記得這人的面貌，印象卻有些模糊，他的名字到底叫什麼來著……

疆書天？

漫天漫地的冰霜，凍得人連心裡都發寒。

這人是冰皇。

靳展想了又想，總算回憶起來，末世前，疆書天確實住在附近。

末世後的記憶太過深刻，血淋淋的，張開眼就是一片紅，將末世前的日子都襯成黑白照片，哪怕還記得，也宛如遙遠的回憶。

冰皇何時回來了？

這種時候橫跨大陸，確實不簡單，天空的異物優勢太大，一個個有血肉的支援，進化快速，還常常有群聚性，如今的天空屬於異物，沒有人類敢上天。

那就是搭船了？

海洋，也不是好地方，連近海的陸地都沒有人敢居住。

怪不得，冰皇會這麼強悍，靳展看不透他的實力，看來有些差距啊……

靳展不動，冰皇絕對已經察覺到他，根本不需要多言，他甚至有種感覺，冰皇正等著他開口，來個一言不合，痛痛快快打一頓。

然而靳展沒有挨揍的打算，原本還以為要和十三拚個你死我活，話雖這麼說，他卻知道自己贏不了，抱著最後一戰的心態過來，不代表他真的欠揍。

看了一陣子，靳展想走，卻又不能走，第六感告訴他不要動才不會挨揍，正無奈之際，一個女人急急忙忙地衝過來。

「團長！」

喊了一聲又一聲「團長」，始終得不到回應，那女人跪倒在地，無聲地哭個不停，眼淚真是多，斬展已經很久沒看過女人這麼哭，能被送到他面前的女人，每一個都很識時務，搔首弄姿都是最美的樣子，即便要哭也不會哭得涕淚橫流。

上一次，見到女人這麼哭是他心上的女人失去女兒時，那還是末世剛剛開始不久……

「斬哥，有一批人傷得重，看起來不太妙，咱們的醫生說藥可能不夠啊，這、這該怎麼辦？」

斬展的嘴唇抿得死緊，聽著手下匯報失去多少人，半數化為怪物，剩下的一半又有半數被怪物吃了，最後存活的人多少都負著傷，斬展手邊能用的人實在不多，萬幸的是，他倚重的手下多半都還活著，雖然免不了有些化為異物，有些措手不及被吃了，但比起「半數」，損失的比例簡直不值一提。

然而，最重要的人卻仍在外面。

斬展正皺眉，就聽見慌亂的哭喊聲。

「小月，我的小月呢？」

一抹白色衣裙匆匆跑進來，以往可以讓靳展感到眼前為之一亮，她是這裡最獨特的風景，總是能讓人感到心中寧靜。

靳展還記得第一次看見林宜雪，這女孩站在大廳，纖纖細細的，像是迷了路的小鹿，和周圍的環境完全不搭調，哪怕對方比他大上好幾歲，靳展還是覺得這女生比他小。

所以，聽到這是他的繼母時，靳展感到十分荒謬。

更荒謬的是，往後的日子，繼母成了他心上的那個人。

今天這還是頭一次，靳展不想看見對方。

之前見情況不對，靳展派人去找靳鳳，讓她順便接靳小月過來會合，然而沒想到半夜竟會突然發生這種變故，現在兩人在哪裡都不知道，而他甚至無法去救援！

滿城市都是怪物，而靳展手中只有傷兵殘將，連槍械都不敢亂用，巨大的聲響會引來怪物，他們現在的狀況根本無法抵擋。

林宜雪抓住繼子的手，宛如溺水的人抓住最後的浮木。

「阿展，我的小月呢？為什麼還沒有看見小月？你不是派人去接她了嗎？」

對這女人，靳展終究無法擺出臭臉。

「我讓鳳去接應了。」

「那為什麼還沒有回來？」林宜雪慌得六神無主，「小月的膽子那麼小，一定嚇壞了，這麼多怪物，阿展，你再多派點人去接她好不好？」

果然不是親生的仍舊不同。靳展想著當初這小媽年紀輕輕就成了繼母，對他和靳鳳倒是不錯，尤其待靳鳳很好，雖然她的好總是不得要領，老是用一般女孩的喜好來當標準，對靳鳳反倒是種困擾，但總歸心意是不差的。

對此，靳鳳也領情，她與小媽和小月的關係向來不錯，哪怕壓根沒辦法和她們有共同話題，但她會安靜聆聽。

靳展沉默不語，周圍的手下不少都露出忿忿不平的表情，眼神最恨的是刀疤，靳鳳的左右手，那天人在總部，讓身邊變成怪物的人咬了，一條腿腫得跟火腿腸似的，沒拄著拐杖根本走不了路，人還發著燒，卻硬撐著來處理事情，只希望能更多騰出人手去接應靳鳳。

如果不是靳展一句「你就算過去也只會拖累鳳」，刀疤還真想拖著殘腿衝去接應靳鳳。

呂志勾住刀疤的肩，「哈」一聲道：「刀疤你也太緊張了吧，鳳姐可不是省油的燈，這世道如果連她都活不下來，我們還是趁早給腦袋來一槍算啦。」

刀疤知道鳳姐厲害，但現在這是個什麼樣的世界，根本沒有讓人放心的餘地！

又等了兩天，哪怕靳展仍舊焦頭爛額，許多死去的人竟然變成怪物又活了，造成第二波傷亡，但他仍舊領了人出去找靳鳳，卻在不遠的街道撿回阿賓。

「鳳呢？」

靳展看著阿賓渾身血污的樣子，心已經沉了下去。阿賓年紀輕，雖然靳鳳沒少鍛鍊他，卻從沒有真的讓他陷入險地。

阿賓支撐不住地跌坐在地上，憤恨的說：「都是為了救那個臭女人，自己就夠扯後腿啦，讓她走還不肯走，硬是要救什麼大學同學──」

「鳳呢？」靳展打斷他的話。

阿賓抖著嘴唇，垂頭哽咽的說：「大學城的怪物太多，我們被困住了，再下去只有死路一條，我們只能突圍，鳳姐她讓我們先跑，她殿後，我沒想到鳳姐她會往反方向跑，還開了一槍，最後，所有怪物都朝她過去……」

靳展沉默不語，許久，才記得多問一句。

「小月也死了？」

阿賓咬牙怒道：「小姐沒死，她和她的同學還跑在我前面，我是受了傷跑不快，他們一個個跑得可飛快了，一轉眼就不見人！」

聞言，靳展沒多說話，親自扛起阿賓，領著人回根據地去。

林宜雪沒見著自己女兒，眼淚如斷線的珍珠掉個不停，只苦苦哀求斬展去救斬小月。

一旁，刀疤聽完阿賓說的話，氣得雙眼發紅，怒吼：「那女人害死鳳姐！你的親妹妹斬鳳！你還要找人去救她？」

林宜雪哭著說：「但小月也是阿展的親妹妹啊！」

刀疤只是一聲不屑的冷哼。

斬展默然，兩個都是他的妹妹，但斬鳳和斬小月是不同的，斬小月與其說是妹妹，還不如說是心上人的女兒，因為林宜雪在意，所以他才在意。

斬鳳才是他的親妹子，與他並肩同行，讓斬展願意把後背交付的人。

沒人看得出斬展現在有多悔，他是對林宜雪有想法，但她的女兒頂多就是寵著罷了，一個寵物能和親妹子的命比？笑話！

但斬展還是應了林宜雪的懇求，派人去找斬小月，她和幾個同學在一群男人手裡，當然沒落得好，手指被踩得歪七扭八，鼻子被揍歪，視力受到影響，一隻腳還殘了，走路都拖著腿，整個人慘得連神智都不清楚，一個好好的大學生，成了一個屎尿失禁的瘋子。

刀疤卻仍舊沒有放過她，抓到機會就一刀子解決，然後領著阿賓逃走了。

其實，找靳小月回來，原本就是為了報復，然而一見到對方的狀況，靳展就明白，死亡對她來說或許才是真正的解脫，所以沒有動手。

那是靳展第一次看見林宜雪哭得那般醜，接下來的日子還變得更醜了。

又瘋了一個女人。

靳展心想，這種瘋狂的世界，能過得好的女人，也就是靳鳳了吧，怎麼林宜雪這樣弱得連蟑螂都揉不死的女人還活著，靳鳳卻死了呢？

就這麼簡單被親哥哥害死了。

「團長，你還沒有報小殺的仇！」

冰皇終於動了，他轉過身，只說了一句「回去」，還望了靳展的藏身處一眼，那眼神黑如深淵，根本映不進任何東西，哪怕是堂堂雷神，也不在他的眼裡。

女人擦了擦眼淚，艱難爬起身來，她跪了大半宿，饒是現在人的體質好，也跪得雙膝發麻。

一回過身，卻有一名陌生人站在她的面前，她驚得倒吸一口氣，卻無法出手攻擊，實力差距太大，在強大威壓的影響下，她連動彈都有些困難，然而她並不緊張，團長就在前面呢，不可能看著她有危險而不出手，她不信！

斬展對這哭腫眼的女人說：「離這麼不遠的南城郊有個叫刀疤的人，小有勢力，讓冰皇去收他當手下。」

女人一怔。

「盡量別讓刀疤死，我斬展欠你們一次。」

「雷神斬展？」女人瞪大眼。

她很是驚訝，但往前一望，冰皇根本不理會他們在說話，逕自就走了，她慌了，深怕晚走一步沒跟上，自己就真的被遺棄了，只簡短回了一句「我盡量」，然後趕忙跟上去。

斬展看著離去的兩人背影，然而，他卻知道，那人是孤獨一人。

不知道同為頂階十二強者的火王狄貝特是不是也如此孤寂？

斬展覺得，他有點興趣見見對方了。

——孤雷・完——

# 番外篇

# 末世某一天

冰槍副隊長兼疆域隱藏大 BOSS 之颱風天公告：

「疆域傭兵團的成員大家好，颱風天到了，風大雨大，好多異物被吹上天空，請大家多多注意會咬人的掉落物。」

「金屬系、土系請找百合報到，基地招牌需要固定，後方山坡嚴防土石流。」

「雷電系異能者請待在家中做家事，不要出門找閨蜜，以免意外放電傷及無辜。」

「風系異能者別來亂，陣風已達17級，請勿趁機練習異能，如果陣風大於18級，我就把你泡在雨裡讓雷電系練習異能，是，說的就是你，小殺！」

「大哥請趁雨勢稍歇時，站在陽台上，讓風衣順著風飄揚，雙手安放腰後，一臉我定勝天我命由我不由天，方便安定人心招攬人才。」

「一般成員請務必認明黑底銀邊帶塊藍的疆域制服，若被風吹走，請找穿制服的巡邏員求助，如果找錯人求援，可能會被抓去做實驗、抓去當炮灰或者抓去吃，後果不堪設想。」

「黑底銀邊帶塊藍，制服記清楚，性命保得住，疆域傭兵團關心您的生命安全。」

——末世某一天・完——

# 後記

終疆這一系列對我寫作生涯最大的挑戰，大概是局面布得很開，人物多了，要將所有勢力、人物、關係和各自發展通通理順，並且在第一人稱的視角侷限之下，讓大家把整個狀況看得清楚明白，這可真是一個大挑戰。

角色之間的互相影響，則是另一個挑戰。

疆書宇的重生，完全是「牽一髮動全身」這成語的運用，西方點的用法就是蝴蝶效應，他改變的局面之大，連疆書宇自己都沒能完全猜透，一如他猜到自己改變了疆家的命運、疆域的命運，卻沒有猜到就連靳家也有他的事。

主角的知情與不知情，讀者的知情與不知情，在第一人稱故事通常是相等的，然而我的主角總是這麼笨，知道得永遠比讀者少，都快不好意思說自己是第一人稱的主角了吧他們！

尤其疆書宇這傢伙，四肢發達，頭腦簡單，對，這說的就是他，雖然外型很不符合這句話，但他就是這樣的傢伙沒錯。

身為第一人稱主角的書宇，主角自己笨得猜不透自己到底幹了啥好事，作者只好用番外篇來告訴大家，關於靳家這個被蝴蝶搧到歪去天邊的家庭。

＊＊＊ 以下有本集劇透，還沒看書請不要先偷看後記之分隔線 ＊＊＊

因為疆書宇的重生，導致疆書天從冰洲回到梅洲時去找了靳展要武器，順便警告靳展關於末世的來臨，就差上這麼幾個小時，靳鳳和靳小月這次成功提前回到靳家。目前造就出一隻火焰霸女，刀疤和阿賓乖乖待在靳家，沒有跳槽，靳展也繼續單戀他家小媽，沒有反目成仇。

很有趣的一點是這次的靳小月也有了異狀，如果沒有疆書宇的重生，末世後才重生的靳小月不知又會造成什麼樣的局面呢？她們能成功回到靳家嗎？

這又是另一種故事發展了，就像一張樹狀圖，選擇不同分岔路就會讓人生大不同。

我試圖把終疆寫得像個樹狀人生，不同的抉擇和境遇造就出不同的人生，先有冰皇與疆書天的差別，再有靳家的不同結局，後面當然會有更多更多的不同。

冰皇和雷神孤寂的上輩子，這輩子是否能圓滿？火王又有什麼樣的故事呢？

通通仍舊是未知數，就請大家繼續陪著終疆走下去，看看這一次，咱們能走出什麼樣的故事囉！

By 御我

紅色流星雨落下，黑霧吞沒世界，
從一夜的折磨與痛苦中醒來，
人類發現自己已不再是地球主宰。
——獵人已成了獵物。

# 終疆

## 06 神祕高手

末世，哪怕外頭有吃人的異物，人與人之間仍舊爭端不斷，
隨著倖存者漸漸集結，蘭都多股勢力浮上水面，
湛疆基地、靳、上官、陳氏、李家……
彼此卻是選擇爭鬥遠遠大過合作，
其中更能隱隱窺見神祕研究所的影子。
異常寒冷的冬季彷彿將人心都結成冰。
人們祈禱冬天快過去，卻不知，春天才是真正的危機甦醒時，
百花齊放的季節，如今，花可不只是花……
沒有異物之王十三的蘭都，真能被人類拿下？
或者，僅僅是換一個王？

國家圖書館出版品預行編目資料

終疆 05：湛疆基地 / 御我 著 .-- 初版 .-- 臺北市：平裝本．2017.7 面；公分（平裝本叢書；第 437 種）（御我作品；5）

ISBN 978-986-92911-2-5（平裝）

857.7　　105006668

平裝本叢書第 437 種
御我作品

# 終疆

## 05 湛疆基地

作　　者—御我
發 行 人—平雲
出版發行—平裝本出版有限公司
台北市敦化北路 120 巷 50 號
電話◎ 02-27168888
郵撥帳號◎ 18999606 號
皇冠出版社（香港）有限公司
香港上環文咸東街 50 號寶恒商業中心
23 樓 2301-3 室
電話◎ 2529-1778　傳真◎ 2527-0904
責任主編—龔橞甄
責任編輯—張懿祥
美術設計—嚴昱琳
著作完成日期— 2017 年 6 月
初版一刷日期— 2017 年 7 月
初版三刷日期— 2020 年 1 月
法律顧問—王惠光律師

讀者服務傳真專線◎ 02-27150507
電腦編號◎ 553005
ISBN ◎ 978-986-92911-2-5
Printed in Taiwan
本書特價◎新台幣 249 元 / 港幣 83 元